金瓶梅詞話

萬曆本

二

金瓶梅

第六回

何九受賄瞞天

第六回

西門慶買囑何九　王婆打酒遇大雨

可怪狂夫戀野花　因貪淫色受波喳
二身喪命皆因此　破業傾家揔爲他
半晌風流有何益　一般滋味不須誇
一朝禍起蕭墻内　虧殺王婆先做牙

却說西門慶便對胡九說去了。且說王婆拿銀子來買棺材冥器。又買些香燭紙錢之類。歸來與婦人商議。就于武大靈前點起一盞隨身燈。隣舍街坊。都來看望。那婦人虛掩着粉臉假哭。衆街坊問道。大郎得何病患便死了。那婆娘荅道。拙夫因害心疼得慌。不想一日一日越重了。看來不能勾好。不幸昨夜三更

鼓死了。好是苦也。又哽哽咽咽假哭起來。衆隣舍明知道此人
死的不明。不敢只顧問他。衆人盡勸道。死是死了。活的自要安
穩過。娘子省煩惱。天氣暄熱。那婦人只得假意兒謝了。衆人各
自散去。王婆擡了棺材來。又去請仵作團頭何九。但是入殮用
的都買了。并家裡一應物件。也都買了。就于報恩寺叫了兩個
禪和子。晚夕伴靈拜懺。不多時。何九先撥了幾個火家整頓。且
說何九到巳牌時分。慢慢的走來。到紫石街巷口。迎見西門慶。
叫道老九何往。何九荅道。小人只去前面殮這賣炊餅的武大
郎屍首。西門慶道。且借一步說話。何九跟着西門慶來到轉角
頭一個小酒店裡坐下。在閣兒內西門慶道。老九請上坐。何九
道。小人是何等之人。敢對大官人一處坐的。西門慶道。老九何

故見外。且請坐。二人讓了一回坐下。西門慶分付酒保。取瓶好酒來。酒保一面鋪下菜蔬菓品案酒之類。一面盪上酒來。何九心中疑忌。想道西門慶自來不曾和我吃酒。今日這盃酒。必有蹺蹊。兩個飲勾多時。只見西門慶向袖子裡摸出一錠雪花銀子。放在面前。說道。老九休嫌輕微。明日另有酬謝。何九叉手道。小人無半點用功効力之處。如何敢受大官人見賜銀兩。若是大官有使令。小人也不敢辭。西門慶道。老九休要見外。請收過了。何九道。大官人便說不妨。西門慶道。別無甚事。少刻他家自有些辛錢。只是如今殮武大的屍身。凡百事周全。一床錦被遮蓋則個。余不多言。何九道。我道何事。這些小事。有甚打緊。如何敢受大官人銀兩。西門慶道。老九你若不受時。便是推却。何九自來懼西門慶。是個刁徒。把持官府的人。只得收了銀子。又吃了幾盃酒。西門慶呼酒保來。記了帳目。明日來我鋪子內支錢。兩個下樓。一面出了店門。臨行西門慶道。老九是必記心。不可泄漏。改日另有補報。分付罷。一直去了。何九心中疑忌。我殮武大身屍。他何故與我這十兩銀子。此事必蹺蹊。一面來到武大門首。只見那幾個火家。正在門首伺候。王婆也等的久哩。火家在那裡。何九便問火家。這武大是甚病死了。火家道。他家說害心疼病死了。何九入門。揭起簾子進來。王婆接着道。久等多時了。陰陽也來了半日。老九如何這咱纔來。何九道。便是有些小事。絆住了脚。來遲了一步。只見那婦人穿着一件素淡衣裳。白布鬏髻。從裏面假哭出來。何九道。娘子省煩惱。大郎已是歸天去了。那婦人虛掩着淚眼道、說不得的苦。我夫心疼症候。幾個日子。便把命丟了。撇得奴好苦。這何九一面上上下下看了婆娘的模樣。心裡自忖的道。我從來只聽得人說武大娘子。不曾認得他。原來武大郎討得這個老婆在屋裡。西門慶這十兩銀子使着了。一面走向靈前看武大屍首。陰陽宣念經畢。揭起千秋旛。扯開白絹。用五輪八寶。點着那兩點神水。定睛看時。見武大指甲青。唇口紫。面皮黃。眼皆突出。就知是中惡。傍邊那兩個火家。說道怎的臉也紫了。口唇上有牙痕。口中出血。何九道休得胡說。兩日天氣十分炎熱。如何不走動些。一面七手八腳。葫蘆提殮了。裝入棺材內。兩下用長命釘釘了。王婆一力攛掇。拏出一吊錢來。與何九打發衆火家去了。就問幾時出去。王婆道大娘子說。只三日便出殯城外燒化。衆火家各分散了。那婦人當夜擺着酒請人。第二日請四個僧念經。第三日早五更衆火家。都來扛擡棺材。也有幾個隣舍街坊吊孝相送。那婦人帶上孝。坐了一乘轎子。一路上口内假哭養家人。來到城外化人場上。便教舉火燒化棺材。并武大屍首燒得乾乾凈凈。把骨殖撒在池子裏。原來那日齋堂管待。一應都是西門慶出錢整頓。那婦人歸到家中樓上去。設個靈牌。上寫亡夫武大郎之靈。靈床子前。點一盞琉璃燈。裡面貼些金幡錢紙。金銀錠之類。那日却和西門慶做一處。打發王婆家去。二人在樓上。任意縱横取樂。不比先前在王婆茶坊裡。只是偷雞盜狗之歡。如今武大已死。家中無人。兩個恣情肆意。停眠整宿。初時西門慶恐隣舍瞧破先到王婆那邊坐一回。今武大死後帶着跟隨小廝逕從婦人家後門而入。自此和婦人。情沾肺腑。意密如膠。常時三五夜不曾歸去。把家中大小。丟的七顛八倒。都不喜歡。原來這女色坑陷得幾時。必有敗。有鷓鴣天為証。

色膽如天不自由　情深意密兩綢繆
貪歡不管生和死　溺愛誰將身體修
只為恩深情鬱鬱　多因愛濶恨悠悠
要將吳越冤仇解　地老天荒難歇休

光陰迅速。日月如梭。西門慶刮剌那婦人將兩月有餘。一日將近端陽佳節。但見

綠楊裊裊垂絲碧。海榴點點胭脂赤。微微風動幔。颯颯涼侵

扇。處處遇端陽。家家共舉觴。

西門慶自岳廟上回來。到王婆茶坊裡坐下。那婆子連忙點一盞茶來。便問大官人。往那裡去來。怎的不過去看看大娘子。西門慶道。今日往廟上走走。大節間記掛着。來看看大姐。婆子道。今日他娘潘媽媽在這裡。怕還未去哩。等我過去看看。回大官人。這婆子一面走過婦人後門看時。婦人正陪潘媽媽在房裡吃酒。見婆子來。連忙讓坐。婦人撮下笑來道。乾娘來得正好。請陪俺娘。且吃個進門盞兒。到明日養個好娃娃。婆子笑道。老身又沒有老伴兒。那裡得養出來。你年小少壯。正好養哩。婦人道。常言小花不結。老花兒結。婆子便看着潘媽媽。你看你女兒這等傷我。說我是老花子。到明日還用着我老花子。說罷。潘媽媽道他從小兒。是這等快嘴乾娘休要和他一般見識。原來這婆子撮合得西門慶和這婦人刮剌上了。早晚替他通事慇懃兒提壺打酒。靠些油水養口。一面對他娘潘媽媽說你家這姐姐端的百伶百俐。不枉了好個婦女到明日不知什麽有福的人受的他。潘媽媽道乾娘既是撮合山全靠乾娘作成則個。一面安下鍾筯婦人斟酒在他面前。婆子一連陪了幾盃酒。吃得臉紅紅的。又怕西門慶在那邊等候。連忙丟了個眼色與婦人告辭歸去。婦人就知西門慶來了。于是一力攛掇他娘起身去了。將房中收拾乾淨。燒些異香。從新把娘的殘饌撤去。另安排一席齊整酒肴。預備陪侍西門慶。從月臺上過來。婦人從梯櫈接着。到房中道個萬福坐下。原來婦人自從武大死後。怎肯帶孝。樓上把武大靈牌丢在一邊。用一張白帋蒙着羹飯。也不揪採。每日只是濃粧艷抹。穿顏色衣服。打扮嬌樣。陪伴西門慶做一處作歡頑耍。因見西門慶兩日不來。就罵負心的賊。如何撇閃了奴。又往那家另續上心甜的兒了。把奴冷丢。不來揪採。西門慶道。便是家中小妾。昨日没了。殯送忙了兩日。今日往廟上去。替你置了些首飾珠翠衣服之類。那婦人滿心歡喜。西門慶一面喚過小廝玳安來。氊包內取出一件件把與婦人。婦人方纔拜謝收了。小女迎兒尋常被婦人打怕的。以此不瞞他。令他拏茶與西門慶吃。一面婦人安放卓兒陪西門慶吃茶。西門慶道。你不消費心。我已與了乾娘銀子。買酒肉嗄飯果品去了。大節間正要和你坐一坐。婦人道。此是待俺娘的。奴存下這卓整菜兒等到乾娘買來。且有一回躭閣。咱且吃着。婦人陪西門慶臉兒相貼腿兒相壓並肩一處飲酒。且說婆子提着個籃子。拏着一條十八兩秤。走到街上。打酒買肉。那時正值五月初旬天氣。大雨時行。只見紅日當天忽一塊濕雲處大雨傾盆相似但見

烏雲生四野黑霧鎖長空。刷刺刺漫空障日飛來。一點點擊得芭蕉聲碎。狂風相助侵天老檜掀翻。霹靂交加泰華嵩喬震動。洗炎驅暑潤澤田苗。洗炎驅暑。佳人貪其賞玩。潤澤田苗。行人忘其泥濘。正是江淮河濟添新水。翠竹紅榴洗濯清。

那婆子正打了一瓶酒買了一籃魚肉鷄鵝菜蔬菓品之類。在街上遇見這大雨。慌忙躲在人家房簷下。用手巾裹着頭把衣服都淋濕了。等了一歇。那雨脚慢了些。大步雲飛來家進入門

來把酒肉放在厨房下。走進房來。看見婦人。和西門慶飲酒。笑嘻嘻道。大官人。和大娘子好飲酒。你看把婆子身上衣服。都淋濕了。到明日就教大官人賠我。西門慶道。你看老婆子。就是個賴精。婆子道。我不是賴精。大官人少不得賠我一疋大海青。婦人道。乾娘。你且飲過盪熱酒盞兒。那婆子陪着飲了三盃。說道老身往厨下烘乾衣裳去。一面走到厨下。把衣服烘乾。那雞鵞嗄飯。割切安排停當。用盤碟盛了。菓品之類。都擺在房中。盪上酒來。西門慶與婦人。重斟美酒。共談佳肴。交盃疊股而飲。西門慶飲酒中間。看見婦人壁上。掛着一面琵琶。便道。久聞你善彈。今日好歹彈個曲兒我下酒。婦人咲道。奴自幼初學一兩句。不十分好。官人休要笑耻。西門慶一面取下琵琶來。摟婦人在懷。

看他放在膝兒上。輕舒玉笋。款弄冰絃。慢慢彈着。唱了一個兩頭南調兒。

冠兒不戴懶梳粧。髻挽青絲雲鬓光。金釵斜插在烏雲上。喚梅香。開籠廂。穿一套素縞衣裳。打扮的是西施模樣。出綉房。梅香。你與我捲起簾兒。燒一炷兒夜香。

西門慶聽了。喜歡的没入脚處。一手摟過婦人粉項來。就親了個嘴。稱誇道。誰知姐姐你有這段兒聰明。就是小人在构欄三街兩巷相交唱的。也沒你這手好彈唱。婦人笑道。蒙官人擡舉。奴今日與你百依百隨。是必過後休忘了奴家。西門慶一面捧着他香腮。說道。我怎肯忘了姐姐。兩個殢雨尤雲。調笑頑耍。少頃。西門慶又脫下他一隻綉花鞋兒。擎在手内。放一小盃酒在內。吃鞋盃耍子。婦人道。奴家好小脚兒。官人休要笑話。不一時。二人吃得酒濃。掩閉了房門。解衣上床頑耍。王婆把大門頂着。和迎兒在厨房中。動咬用着二人在房內。顛鸞倒鳳。似水如魚。取樂歡娛。那婦人枕邊風月。比娼妓尤甚。百般奉承。西門慶亦施逞鎗法打動。兩個女貌郎才。俱在妙齡之際。有詩單道其態。

詩曰

寂靜蘭房簟枕凉　才子佳人至妙頑
纔去倒澆紅臘燭　忽然又掉夜行船
偷香粉蝶飱花蕚　戲水蜻蜓上下旋
樂極情濃無限趣　靈龜口內吐清泉

當日西門慶在婦人家。盤桓至晚。欲回家。留了幾兩散碎銀子。

與婦人做盤纏。婦人再三挽留不住。西門慶帶上眼罩。由門去了。婦人下了簾子。關上大門。又和王婆吃了一回酒。各散去了。正是倚門相送劉郎去。烟水桃花去路迷。畢竟未知後來何如。且聽下回分解。

金瓶梅

第七回

薛媒婆說娶孟三兒

聯經出版事業公司景印版

楊姑娘氣罵張四舅

第七回

薛嫂兒說娶孟玉樓　楊姑娘氣罵張四舅

我做媒人實可能　全憑兩腿走慇懃
唇鎗慣把鰥男配　舌劍能調烈女心
利市花常頭上帶　喜筵餅錠袖中撐
只有一件不堪處　半是成人半敗人

話說西門慶家中賣翠花兒的薛嫂兒提着花廂兒一地哩尋西門慶不着因見西門慶使的小廝玳安兒問大官人在那裡玳安道俺爹在鋪子裡和傅二叔筭帳原來西門慶家開生藥鋪主管姓傅名銘字自新排行第二因此呼他做傅二叔這薛嫂一直走到鋪子門首掀開簾子見西門慶正在裡面與主管

筭帳。一面點首兒。喚他出來。這西門慶。見是薛嫂兒。連忙撇了
主管出來。兩人走在僻靜處說話。薛嫂道了萬福。西門慶問他
有甚說話。薛嫂道。我來有一件親事。來對大官人說。管情中得
你老人家意。就頂死了的三娘窩兒。方纔我在大娘房裡。買我
的花翠。留我吃茶。坐了這一日。我就不曾敢題起。逕來尋你老
人家。和你說。這位娘子。說起來你老人家也知道。是咱這南門
外販布楊家的正頭娘子。手裡有一分好錢。南京拔步床也有
兩張。四季衣服。粧花袍兒。插不下手去。也有四五隻箱子。珠子
箍兒。胡珠環子。金寶石頭面。金鐲銀釧不消說。手裡現銀子。他
也有上千兩。好三梭布也有三二伯筩。不幸他男子漢去販布。
死在外邊。他守寡了一年多。身邊又沒子女。止有一個小叔兒。

還小纔十歲。青春年少。守他甚麼。有他家一個嫡親的姑娘。要
主張着他嫁人。這娘子今年不上二十五六歲。生的長挑身材。
一表人物。打扮起來。就是個燈人兒。風流俊俏。百伶百俐。當家
立紀。針指女工。雙陸棋子。不消說。不瞞大官人說。他娘姓孟。排
行三姐。就住在臭水巷。又會彈了一手好月琴。大官人若見了。
管情一箭就上垜。誰似你老人家有福。好得這許多帶頭。又得
一個娘子。西門慶只聽見婦人會彈月琴。便可在他心上。就問
薛嫂兒幾時相會看去。薛嫂道。我和老人家這等計議。相看不
打緊。如今他家一家子。只是姑娘大。雖是他娘舅張四。山核桃
差着一槅兒哩。這婆子。原嫁與非邊半邊街。徐公公房子裡住
的孫歪頭。歪頭死了。這婆子守寡了三四十年。男花女花都無。

只靠姪男姪女養活。今日已過，明日我來會大官人。咱只倒在身上求他，求只求張良，拜只拜韓信。這婆子愛的是錢財，明知道他侄兒媳婦有東西，隨問什麼人家，他也不管，只指望要幾兩銀子。大官人多許他幾兩銀子，家裡有的是那囂段子，拏上一段，買上一担禮物，親去見他，和他講過，一拳打倒他，隨問傍邊有人說話，這婆子一力張主，誰敢怎的？這薛嫂兒一席話，說的西門慶歡從額角，眉尖出喜，向腮邊笑臉生。看官聽說，世上這媒人們原來只一味圖撰錢，不顧人死活，無官的說做有官，把偏房說做正房，一味瞞天大謊，全無半點兒真實。正是

媒妁慇懃說始終　孟姬愛嫁富家翁

有緣千里能相會　無緣對面不相逢

西門慶當日與薛嫂相約下。明日是好日期。就買禮往北邊他姑娘家去。薛嫂說畢話。提着花廂兒去了。西門慶進來。和傅夥計筭帳。一宿晚景不題。到次日西門慶早起。打選衣帽齊整。拏了一段尺頭。買了四盤羮果。顧了一個擡盒的。薛嫂領着西門慶騎着頭口。小廝跟隨。逕來北邊半邊街。徐公公房子裡楊姑娘家門首。薛嫂先入去通報姑娘得知。說近邊一個財主。敬來門外。和大娘子說親。我說一家只姑奶奶是大。先來覿面親見過你老人家講了話。然後纔敢領去門外相看。今日小媳婦領來見在門首。下馬伺候。婆子聽見。便道。阿呀保山。你如何不先來說聲。一面分付了丫鬟。打掃客位。收拾乾淨。頓下好茶。一面道有請。這薛嫂一力擴掇。先把盒担擡進去。擺下。打發空盒担

兒出去。就請西門慶進來入見。這西門慶。頭戴纏棕大帽。一撒
鈎縧。粉底皂靴。進門見婆子拜四拜。婆子拄着拐。慌忙還下禮
去。西門慶那裡肯。一口一聲。只叫姑娘請受禮。讓了半日。婆子
受了半禮。分賓主坐下。薛嫂在傍打橫。婆子便道。大官人。貴姓。
薛嫂道。我纔對你老人家說。就忘了。便是咱清河縣數一數二
的財主。西門慶大官人。在縣前開着個大生藥鋪。又放官吏債。
家中錢過非斗。米爛陳倉。沒個當家立紀娘子。聞得咱家門外
大娘子要嫁。特來見姑奶奶。講說親事。因說你兩親家。都在此。
漏眼不藏絲。有話當面說。省得俺媒人們架謊。這裡是姑奶奶
大人。有話不先來和姑奶奶說。再和誰說。婆子道。官人倘然要
說俺侄兒媳婦。自恁來閑講便了。何必費煩。又買禮來。使老身

卻之不恭。受之有愧。西門慶道。姑娘在上。沒的禮物。惶恐那婆子一面拜了兩拜。謝了。收過禮物去。薛嫂馱盤子出門。一面走來陪坐。拏茶上來。吃畢。婆子開口說道。老身當言不言謂之懦我姪兒在時。做人挣了一分錢。不幸死了。如今多落在他手裡少說也有上千兩銀子東西。官人做小做大。我不管你。只要與我姪兒念上個好經。老身便是他親姑娘。又不隔從。就與上我一個棺材本。也不曾要了你家的。我破着老臉。和張四那老狗做臭毛鼠。替你兩個硬張主。娶過門時。生辰貴長。官人放他來走走。就認俺這門窮親戚。也不過上你窮。西門慶笑道。你老人家放心。適間所言的話。我小人都知道了。你老人家既開口。休說一個棺材本。就是十個棺材本。小人也來得起。說着。向靴桶裡取出六錠。三十兩雪花官銀。放在面前。說道這個不當甚麽。先與你老人家。買盞茶吃。到明日娶過門時。還找七十兩銀子。兩疋段子。與你老人家爲送終之資。其四時八節。只照頭上門行走。看官聽說。世上錢財。乃是衆生腦髓。最能動人。這老虔婆。黑眼睛珠。見了二三十兩白晃晃的官銀。滿面堆下笑來。說道官人在上。不當老身意小。自古先說斷後不亂。薛嫂在傍插口說。你老人家忒多心。那裡這等計較。我的大老爹。不是那等人。自恁還要掇着盒兒認親。你老人家不知。如今知府知縣相公來往。好不四海。結識人寬廣。你老人家能吃他多少。一席話說的婆子。屁滾尿流。陪的坐吃了兩道茶。西門慶便要起身。婆子挽留不住。薛嫂道。今日既見了姑奶奶說過話。明日好往門外

相看婆子道我家姪兒媳婦不用大官人相保山你就說我說
不嫁這樣人家再嫁甚樣人家西門慶作辭起身婆子道官人
老身不知官人下降匆忙不曾預備空了官人休怪拄拐送出
送了兩步西門慶讓回去了薛嫂打發西門慶上馬便說道還
虧我王張有理麼寧可先在婆子身上倒還强如別人說多因
說道你老人家先回去罷我還在這裡和他說句話咱已是會
過明日先往門外去了西門慶便拏出一兩銀子來與薛嫂做
驢子錢薛嫂接了西門慶便上馬來家他便還在楊姑娘家說
話飲酒到日暮時分纔歸家去話休饒舌到次日打選衣帽齊
整袖着揷戴騎着大白馬玳安平安兩個小厮跟隨薛嫂兒便
騎驢子出的南門外來到猪市街到了楊家門首原來門面屋

四間到底五層西門慶勒馬在門首等候薛嫂先入去半日西門慶下馬坐南朝北一間門樓粉青照壁進去裡面儀門紫墻竹槍籬影壁院內擺設榴樹盆景臺基上靛缸一溜打布欑兩條薛嫂推開朱紅槅扇三間倒坐客位正面上供養着一軸水月觀音善財童子四面掛名人山水大理石屏風安着兩座投箭高壺上下椅卓光鮮簾櫳瀟灑薛嫂請西門慶正面椅子上坐了一面走入裡邊片晌出來向西門慶耳邊說大娘子梳粧未了你老人家請先坐一坐只見一個小廝兒拿出一盞福仁泡茶來西門慶吃了收下盞托去這薛嫂兒倒還是媒人家一面指手畫脚與西門慶說這家中除了那頭姑娘只這位娘子是大雖有他小叔還小哩不曉的什麼當初有過世的他老公

在舖子裡、一日不筭銀子搭錢兩。大簸羅。毛青鞋面布。俺每問他買、定要三分一尺見。一日常有二三十染的吃飯。都是這位娘子主張整理。手下使着兩個丫頭。一個小厮。長了十五歲。吊起頭去名喚蘭香。小丫頭纔十二歲。名喚小鸞。到明日過門時。都跟他來。我替你老人家說成這親事。指望典兩間房兒住。强如住在北邊那搭剌子哩。往宅裡去不方便。你老人家。去年買春梅許了我幾疋大布。還沒與我。到明日不管一揔謝罷了。又道剛纔你老人家。看見門首那兩座布架子。當初楊大叔在時。街道上。不知使了多少錢。這房子也值七八百兩銀子。到底五層。通後街。到明日丟與小叔罷了。正說着。只見使了個丫頭來叫薛嫂。良久。只聞環珮叮咚。蘭麝馥郁。婦人出來。上穿翠藍麒

麟補子粧花紗衫。大紅粧花寬欄。頭上珠翠堆盈。鳳釵半卸。西門慶擡眼觀看那婦人但見

長挑身材粉粧玉琢。模樣兒不肥不瘦。身段兒不短不長。面上稀稀有幾點微麻。生的天然俏麗。裙下映一對金蓮小脚。果然周正堪憐。二珠金環。耳邊低挂。雙頭鸞釵。髻後斜插。但行動。胸前搖響玉玲瓏。坐下時。一陣麝蘭香噴鼻。恰似嫦娥離月殿。猶如神女下瑤階

西門慶一見。滿心歡喜。薛嫂忙去掀開簾子。婦人出來。望上不端不正道了個萬福。就在對面椅上坐下。西門慶把眼上下不轉睛。看了一回。婦人把頭低了。西門慶開言說。小人妻亡已久欲娶娘子入門為正。管理家事。未知意下如何。那婦人問道。官

人貴庚沒了娘子多少時了西門慶道小人虛度二十八歲七月二十八日子時建生不幸先妻沒了一年有餘不敢請問娘子青春多少婦人道奴家青春是三十歲西門慶道原來長我二歲薛嫂在傍插口道妻大兩黃金日日長妻大三黃金積如山說着只見小丫鬟拏了三盞蜜餞金橙子泡茶銀鑲雕漆茶鍾銀杏葉茶匙婦人起身先取頭一盞用纖手抹去盞邊水漬遞與西門慶忙用手接了道了萬福慌的薛嫂向前用手掀起婦人裙子來裙邊露出一對剛三寸恰半扠一對尖尖趫趫金蓮脚來穿着大紅遍地金雲頭白綾高底鞋兒與西門慶瞧西門慶滿心歡喜婦人取第二盞茶來遞與薛嫂他自取一盞陪坐吃了茶西門慶便叫玳安用方盒呈上錦帕二方寶釵一對

金戒指六個。放在托盤內。拿下去。薛嫂一面教婦人拜謝了。因問官人行禮日期。奴這裡好做預備。西門慶道。既蒙娘子見允。今月二十四日。有些微禮過門來。六月初二日准娶。婦人道。既然如此。奴明日就使人來對非還姑娘那裡說去。薛嫂道。大官人。昨日已是到姑奶奶府上講過話了。婦人道。姑娘說甚來。薛嫂道。姑奶奶聽見大官人說此椿事。好不歡喜。纔使我領大官人來這裡相見。說道不嫁這等人家。再嫁那樣人家。我就做硬主媒。保這們親事。婦人道。既是姑娘恁的說。又好了。薛嫂道。好大娘子。莫不俺做媒。敢這等搗謊。說畢。西門慶作辭起身。薛嫂送出巷口。向西門慶說道。看了這娘子。你老人家心下如何。西門慶道。薛嫂其實累了你。薛嫂道。你老人家。請先行一步。我和

大娘子。說句話就來西門慶騎馬進城去了。薛嫂轉來向婦人
說道娘子。你嫁得這位老公也罷了。因問西門慶房裡有人沒
有人見作何生理薛嫂道好奶奶就有房裡人那箇是成頭腦
的。我說是謊你過去就看出來他老人家名目誰是不知道的
清河縣數一數二的財主有名賣生藥。放官吏債西門大官人
知縣知府都和他往來近日又與東京楊提督結親都是四門
親家誰人敢惹他婦人安排酒飯。與薛嫂兒正吃着只見他姑
娘家使了小廝安童盒子裡跨着鄉裡來的四塊黃米麵棗兒
糕兩塊糖幾個艾窩窩就來問曾受了那人家插定不曾奶奶
說來這人家不嫁待嫁甚人家。婦人道。多謝你奶奶掛心今已
曾留下插定了。薛嫂道。天麼天麼早是俺媒人不說謊姑奶奶

家。使了大官人說將來了。婦人收了糕。出了盒子。裝了滿滿一盒子點心臘肉。又與了安童五六十文錢。到家多拜上奶奶。那家日子定下二十四日行禮。出月初二日准娶。小廝去了。薛嫂道。姑奶奶家。送來什麼與我些包了家去。稍與孩子吃。婦人與了他一塊糖。十個艾窩窩。千恩萬謝出門。不在話下。且說他母舅張四。倚着他小外甥楊宗保。要圖留婦人手裡東西。一心舉保與大街坊。尚推官兒子尚舉人爲繼室。若小可人家。還可有話說。不想聞得是縣前開生藥鋪西門慶定了。他是把持官府的人。遂動不得秤了。尋思已久。千方百計。不如破他爲上計。走來對婦人說。娘子。不該接西門慶插定。還依我嫁尚推官兒子尚舉人。他又是斯文詩禮人家。又有庄田地土。頗過得日子。强如嫁西門慶那廝積年把持官府刁徒潑皮他家見有正頭娘子乃是吳千戶家女兒過去做大是做小却不難爲你了況他房裡又有三四個老婆併沒上頭的了頭到他家人多口多你惹氣也婦人道自古船多不碍路若他家有大娘子我情愿讓他做姐姐奴做妹子雖然房裡人多漢子歡喜那時難道你他漢子若不歡喜那時難道你去扯他不怕一百人單擺着休說他富貴人家那家沒四五個着緊街上乞食的携男抱女也挚扯着三四個妻小你老人家忒多慮了奴過去自有個道理不妨事張四道娘子我聞得此人单管挑販人口慣打婦熬妻稍不中意就令媒人賣了你愿受他的這氣麼婦人道四舅你老人家差矣男子漢雖利害不打那勤謹省事之妻我在他家

把得家定裡言不出外言不入他敢怎的為女婦人家好吃懶做嘴大舌長招是惹非不打他打狗不成張四道不是我打聽他家還有一個十四歲未出嫁的閨女誠恐去到他家三窩兩塊把人多口多惹氣怎了婦人道四舅說那裡話奴到他家大是大小是小凡事從上流看待得孩兒們好不怕男子漢不歡喜不怕女兒們不孝順休說一個便是十個也不妨事張四道我見此人有些行止欠端在外眠花卧柳又裡虛外實少人家債負只怕坑陷了你婦人道四舅你老人家又差矣他就外邊胡行亂走奴婦人家只管得三層門內管不得那許多三層門外的事莫不成日跟着他走不成常言道世上錢財倘來物那是長貧久富家緊着起來朝廷爺一時沒錢使還問太僕寺借

馬價銀子支來使休說買賣的人家誰肯把錢放在家裡各人裙帶上衣食老人家到不消這樣費心這張四見說不動這婦人到吃他搶了幾句的話好無顏色吃了兩盞清茶起身去了有詩為証

張四無端喪楚言　姻緣誰想是前緣
佳人心愛西門慶　說破咽喉揔是閑

張四羞慚歸家與婆子商議單等婦人起身指着外甥楊宗保要攔奪婦人箱籠話休饒舌到二十四日西門慶行禮請了他吳大娘來坐轎押担衣服頭面四季袍兒羹果茶餅布絹紬綿約有二十餘担這邊請他姑娘并他姐姐接茶陪待不必細說到二十六日請十二位高僧念經做水陸燒靈都是他姑娘一

力張主這張四臨婦人起身那當日請了幾位街坊衆鄉隣來和婦人講話那日薛嫂正引看西門慶家顧了幾個閒漢併守備府裡討的一二十名軍牢正進來搬擡婦人床帳嫁粧箱籠被張四攔住說道保山且休擡有話講一面邀請了街坊隣舍進來坐下張四先開言說列位高隣聽着大娘子在這裡不該我張龍說你家男子漢楊宗錫與你這小叔楊宗保都是我外甥是我的姐姐養的今日不幸他死了撙了一塲錢有人主張着你這是親戚難管你家務事這也罷了爭奈第二個外甥楊宗保年幼一個業障都在我身上他是你男子漢一母同胞所生莫不家當没他的分兒今日對着列位高隣在這裡你手裡有東西没東西嫁人去也難管你只把你箱籠打開眼同衆人

看一看。你還擡去。我不留下你的。只見個明白。娘子你意下如何。婦人聽言。一面哭起來。說道衆位聽着。你老人家差矣。奴不是歹意謀死了男子漢。今日添羞臉又嫁人。他手裡有錢沒錢。人所共知。就是積儹了幾兩銀子。都使在這房子上。房兒我沒帶去。都留與小叔家活等件。分毫不動。就是外邊有三百四百兩銀子欠帳。文書合同。已都交與你老人家。陸續討來家中盤纏。再有甚麼銀兩來。張四道。你沒銀兩也罷。如今只對着衆位。打開箱籠有沒有。看一看。你還拏了去。我又不要你的。婦人道莫不奴的鞋脚。也要瞧。不成正亂着。只見姑娘拄拐。自後而出。衆人便道。姑娘出來。都齊聲唱喏。姑娘還了萬福。陪衆人坐下。姑娘開口。列位高鄰在上。我是他的親姑娘。又不隔從。莫不沒我說去死了的也是侄兒活着的也是侄兒十個指頭咬着都疼如今休說他男子漢手裡没錢他就是有十萬兩銀子你只好看他一眼罷了他身邊又無出少女嫩婦的你攔着不教他嫁人留着他做什麼衆街隣高聲道姑娘見得有理婆子道難道他娘家陪的東西也留下他的不成他背地又不曾私自與我什麽說我護他也要公道不瞞列位說我這姪兒平日有仁義老身捨不得他好溫克性兒不然老身也不管着他那張四在傍把婆子瞅了一眼說道你好失心兒鳳凰無寶處不落此這一句話道着這婆子真病須臾怒起紫漲了面皮扯定張四大罵道張四你休胡言亂語我雖不能不才是楊家正頭香主你這老油嘴是楊家那膫子合的張四道我雖是異姓兩個外

甥。是我姐姐養的。你這老咬蟲。女生外向行。放火又一頭放水姑娘道。賤没廉耻老狗骨頭。他少女嫩婦的。留着他在屋裡。有何筭計。既不是圖色慾。便欲起謀心。將錢肥已。張四道。我不是圖錢爭來是我姐姐養的。有差遲。多是我過不得日子。不是你。這老殺才。搬着大引着小黃猫兒黑尾。姑娘道。張四。你這老花根老奴才。老粉嘴。你恁騙口張舌的。好淡扯。到明日死了。時不使了繩子扛子。張四道。你這嚼舌頭老淫婦。掙將錢來。焦尾靶怪不的恁無兒無女。姑娘急了。罵道。張四賊老蒼根。老猪狗。我無兒無女。強似你家媽媽子。穿寺院。養和尚。合道士。你還在睡裡夢裡。當下兩個差些兒不曾打起來。多虧眾隣舍勸住。說道老舅你讓姑娘一句兒罷。薛嫂兒見他二人。攘打開。裏領率西門慶家小廝伴當。并發來衆軍牢。赶人閙裡七手八脚將婦人床帳裝奩箱籠。搬的搬。擡的擡。一陣風都搬去了。那張四氣的眼大大的。敢怒而不敢言。衆隣舍見不是事。安撫了一回各人多散了。到六月初二日。西門慶一頂大轎四對紅紗灯籠他這姐姐孟大姨送親。他小叔楊宗寶頭上扎着髻兒穿着青紗衣撒。騎在馬上。送他嫂子成親。西門慶荅賀了他。一疋錦段。一柄玉絛兒。蘭香小鸞。兩個丫頭都跟了來。鋪床疊被。小厮琴童。方年十五歲亦帶過來伏侍。到三日。楊姑娘家。并婦人兩個嫂子孟大嫂二嫂。都來做生日。西門慶與他楊姑娘七十兩銀子。兩疋尺頭。自此親戚來往不絕。西門慶就把西廂房裡收拾三間與他做房。排行第三號玉樓。合家中大小。都隨着叫三姨。到晚一連在他房中。歇了三夜。正是銷金帳裡。依然兩個新人。紅錦被中。現出兩般舊物。有詩爲証。

怎覩多情風月標　教人無福也難消

風吹列子歸何處　夜夜嬋娟在柳梢

畢竟未知後來何如。且聽下回分解。

金瓶梅

第八回　盼情郎佳人占鬼卦

聯經出版事業公司 景印版

燒夫靈和尚聽淫聲

第八回

潘金蓮永夜盼西門慶　燒夫靈和尚聽淫聲

靜悄房櫳獨自猜　鴛鴦失伴信音乖
臂上粉香猶未泯　床頭楸面暗塵埋
芳容消瘦虛鸞鏡　雲鬢鬅鬆墜玉釵
駿騏不來勞望眼　空餘鴛枕淚盈腮

話說西門慶。自從娶了玉樓在家。燕爾新婚。如膠似漆。又遇着陳宅那邊。使了文嫂兒來通信。六月十二日。就要娶大姐過門。西門慶促忙促急。攢造不出床來。就把孟玉樓陪來的一張南京描金彩漆拔步床。陪了大姐。三朝九日。足亂了約一個月多。不曾往潘金蓮家去。把那婦人。每日門兒倚遍。眼兒望穿。使王婆往他門首去了兩遍。門首小厮。常見王婆。知道是潘金蓮使來的。多不理他。只說大官人不得閑哩。婦人盻他急的緊。只見婆子回了婦人。婦人又打駡小女兒。街上去尋覓那小妮子。怎敢入他那深宅大院裡去。只在門首踅探了一兩遍。不見西門慶。就回來了。來家又被婦人噦駡在臉上。打在臉上。怪他沒用。便要教他跪着。餓到晌午。又不與他飯吃。那時正值三伏天道。十分炎熱。婦人在房中害熱。分付迎兒熱下水。伺候澡盆。要洗澡。又做了一籠夸餡肉角兒。等西門慶來吃。身上只着薄纖短衫。坐在小杌上。盻不見西門慶來到。嘴谷都的。駡了幾句負心賊。無情無緒。悶悶不語。用纖手向脚上。脫下兩隻紅綉兒來。試打一個相思卦。看西門慶來不來。正是。逢人不敢高聲語。暗上

金錢問遠人。有山坡羊爲証

凌波羅襪。天然生下。紅雲染就相思卦。似藕生芽。如蓮卸花。

怎生纏得些娘大柳條兒比來剛半扠。他不念咱。咱想念他。

想着門兒。私下簾兒。悄呀。空教奴被兒裡。叫着他那名兒罵。

你怎戀烟花。不來我家。奴眉兒淡淡教誰画。何處綠楊拴繫馬。他辜負咱。咱念戀他。

當下婦人。打了一回相思卦。見西門慶不來了。不覺困倦來。就搵在床上。盹睡着了。約一個時辰。醒來心中正没好氣。迎兒問熱了水。娘洗澡也不洗。婦人便問角兒蒸熱了。拏來我看。迎兒連忙拏到房中。婦人用纖手一數。原做下一扇籠。三十個角兒翻來覆去。只數了二十九個。少了一個角兒。便問往那裡去了。

迎兒道。我並沒看見。只怕娘錯數了。婦人道。我親數了兩遍。三
十個角兒。要等你爹來吃。你如何偷吃了一個。好嬌態淫婦奴
才。你害饞癆饞痞。心裡要想這個角兒吃。你大碗小碗唻搗不
下飯去。我做下的。孝順你來。于是不由分說。把這小妮子。跣剝
去了身上衣服。拏馬鞭子。下手打了二三十下。打的妮子。殺猪
也似叫。問着他。你不承認。我定打下百數。打的妮子急了。說道
娘休打。是我害餓的慌。偷吃了一個。婦人道。你偷了。如何賴我
錯數了。眼看着就是個牢頭。禍根淫婦。有那亡八在時。輕學重
告。今日往那裡去了。還在我跟前弄神弄鬼。我只把你這牢頭
淫婦。打下你下截來。打了一回。穿上小衣。放起他來。分付在旁
打扇。打了一回扇。口中說道。賊淫婦。你舒過臉來。等我掐你這

皮臉兩下子。那迎兒真個舒着臉。被婦人尖指甲掐了兩道血口子。纔饒了他。良久。走到鏡臺前。從新粧點出來。門簾下站立。也是天假其便。只見西門慶家小廝玳安。夾着毡包。騎着馬。打婦人門首過的。婦人叫住他。問他往何處去來。那小廝平日說話乖覺。常跟西門慶在婦人家行走。婦人嘗與他浸潤。他有甚不是在西門慶面前。替他說方便。以此婦人往來就滑。一面下馬來。說道俺爹使我送人情往守備府裡去來。婦人叫進門來問他你爹家中有甚事。如何一向不來。傍個影兒看我一看。想必另續上了一個心甜的姊妹。把我做個網巾圈兒打靠後了。玳安道。俺爹再沒續上姊妹。只是這幾日。家中事忙。不得脫身。來看得六姨。婦人道。就是家中有事。那裡丟我恁個半月。音信不送一個兒。只是不放在心兒上。因問玳安。有甚麽事。你對我說那小厮嘻嘻只是笑。不肯說。有偺事兒罷了。六姨只顧吹毛求問怎的。婦人道。好小油嘴兒。你不對我說。我就惱你一生。小厮道。我對六姨說。六姨休對爹說是我說的。婦人道。我不對他說。便了。玳安如此這般。把家中娶孟玉樓之事。從頭至尾。告訴了一遍。這婦人不聽便罷。聽了。由不的那裡眼中淚珠兒順着香腮流將下來。玳安慌了。便道。六姨。你原來這等量窄。我故便不對你說。對你說。便就如此。婦人倚定門兒長歎了一口氣說道。玳安。你不知道。我與他從前已往。那樣恩情。今日如何一旦拋閃了。止不住紛紛落下淚來。玳安道。六姨。你何苦如此。家中俺娘也不管着他。婦人便道。玳安。你聽告訴。另有前腔為證。

喬才心邪。不來一月。奴綉鴛衾曠了三十夜他俏心兒別。俺癡心兒呆。不合將人十分熱。常言道容易得來容易捨。與過也緣分也。

說畢。又哭了。玳安道。六姨。你休哭。俺爹怕不的。也只在這兩日頭。他生日待來也。你寫幾個字兒。等我替你稍去。與俺爹瞧看了。必然就來。婦人道。是必累你。請的他來。到明日。我做雙好鞋與你穿。我這裡也要等他來。與他上壽哩。他若不來。都在你小油嘴身上。他若是問起你來這裡做什麽。你怎生回答他。玳安道。爹若問小的。只說在街上飲馬。六姨使王奶奶。叫了我去。稍了這個柬帖兒。多上覆爹。好歹請爹過去哩。婦人笑道。你這小油嘴。到是再來的紅娘。倒會成合事兒哩。說畢。令迎兒把卓上蒸下的角兒裝了一碟兒打發玳安兒吃茶。一面走入房中。取過一幅花箋。又輕拈玉管。款弄羊毛。須臾寫了一首寄生草。詞曰。

將奴這知心話。付花箋寄與他。想當初結下青絲髮。門兒倚遍簾兒下。受了些沒打弄的耽驚怕。你今果是負了奴心。不來還我香羅帕。

寫就。疊成一個方勝兒。封停當。付與玳安兒收了。好歹多上覆他。待他生日。千萬走走。奴這裏來。專望。那玳安吃了點心。婦人又與數十文錢。臨出門上馬。婦人道。你到家見你爹。就說六姨好不罵你。他若不來。你就說六姨到明日。坐轎子親自來哩。玳安道。六姨自吃你賣糞團的。撞見了敲板兒蠻子。叫寃屈麻飯肐胆的帳。騎着木驢兒磕瓜子兒瑣碎昏昏。說畢。騎上馬去了。那婦人每日長等短等。如石沉大海一般。那裡得個西門慶影兒來看看。七月將盡。到了他生辰。這婦人埃一日似三秋。盼一夜如半夏。等了一日。杳無音信。盼了多時。寂無形影。不覺銀牙暗咬。星眼流波。至晚旋叫王婆來。安排酒肉。與他吃了。向頭上拔下一根金頭銀簪子與他。央往西門慶家走走去。請他來。王婆道。咱晚來茶前酒後。他定也不來。待老身明日侵早。往大官人宅上。請他去罷。婦人道。乾娘是必記心。休要忘了。婆子道。老身晉着那一門兒來。肯悮了勾當。當下這婆子非錢而不行。得了這根簪子。吃得臉紅紅。歸家去了。原來婦人在房中。香薰鴛被。欵剔銀灯。睡不着。短歎長吁。翻來覆去。正是。得多少。琵琶夜

久殷勤弄寂寞空房不忍彈于是獨自彈着琵琶唱一個綿搭絮爲証

當初奴愛你風流共你剪髮燃香雨態雲蹤兩意投背親夫和你情偷怕甚麽傍人講論覆水難收你若負了奴真情正是緣木求魚空自守

又

誰想你另有了裙釵氣的奴似醉如痴斜傍定幃屏故意兒猜不明白怎生丟開傳書寄柬你又不來你若負了奴的恩情人不爲俺天降災

又

奴家又不曾愛你錢財只愛你可意的冤家知重知輕性兒乖奴本是朶好花兒園内初開蝴蝶飡破再也不來我和你那樣的恩情前世裡前緣今世裡該

又

心中猶豫展轉成憂常言婦女痴心惟有情人意不周是我
迎頭和你把情偷。鮮花付與。怎肯干休。你如今另有知心海
神廟裡。和你把狀投。

原來婦人。一夜翻來覆去。不曾睡着。到天大明。使迎兒過間壁。瞧那王奶奶。請你爹去了不曾。迎兒去了。不多時。說王奶奶。老早就出去了。且說那婆子。早辰梳洗出門來。到西門慶門首。問門上大官人在家。都說不知道。在對門墻脚下。等不勾多時。只見傳夥計來開鋪子。婆子走向前來。道了萬福。動問一聲。大官人在家麼。傳夥計道。你老人家。尋他怎的。這早來問着我第二個人也不知。他說大官人。昨日壽日在家請客吃酒。吃了一日酒。到晚拉衆朋友。往院裡去了。一夜通沒來家。你往那裡尋他去。

這婆子拜辭出縣前來。到東街口。正往构欄那條巷去。只見西門慶騎馬。遠遠從東來。兩個小厮跟隨。吃的醉眼摩娑。前合後仰。被婆子高聲叫道。大官人。少吃些兒。怎的向前一把手。把馬嚼環扯住。西門慶醉中問道。你是王乾娘。你來有甚話說。那婆子。向他耳畔低言。道不數句。西門慶道。小厮來家。對我說來。我知道六姐惱我哩。我如今就去。那西門慶一面跟着他。兩個一遞一句。整說了一路話。比及時到婦人門首。婆子先入去。報道大娘子。且喜還虧老身去了。沒半個時辰。把大官人請得來了。婦人聽見他來。連忙叫迎兒收拾房中乾淨。一面出房來迎接。西門慶搖着扇兒進來。帶酒半酣。進入房來。與婦人唱喏。婦人還了萬福。說道大官人。貴人稀見面。怎的把奴來丟了一向。不來傍個影兒。家中新娘子陪伴。如膠似漆。那裡想起奴家來。還說大官人不變心哩。西門慶道你休聽人胡說。那討甚麽新娘子來。只因小女出嫁。忙了幾日。不曾得閑工夫來看你。就是這般話。婦人道你還哄我哩。你若不是憐新棄舊。再不外邊另有別人。你指着旺跳身子。說個誓。我方信你。那西門慶道我若負了你情意。生碗來大疔瘡。害三五年黃病。匾担大蛆螬口袋。婦人道賊負心的。匾担大蛆螬口袋。管你甚事。一手向他頭上。把帽兒撮下來。望地下只一丢。慌的王婆地下。拾起來。見一頂新纓子瓦楞帽兒。替他放在卓上。說道大娘子。只怪老身不去請大官人來。就是這般的。還不與他帶上着。試了風。婦人道那怕負心强人。陰寒死了。奴也不疼他。一面向他頭上。拔下一根簪兒。拏在手裡觀看却是一點油金簪兒上面鈒着兩溜子字兒。金勒馬嘶芳草地。玉樓人醉杏花天却是孟玉樓帶來的。婦人猜做那個唱的與他的。奪了。放在袖子裡不與他說道。你還不變心哩。奴與你的簪兒那裡去了。却帶着那個的。這根簪子。西門慶道你那根簪子。前日因吃酒醉了跌下馬來把帽子落了。頭髮散開尋時就不見了。婦人道。你哄三歲小孩兒也不信哥哥兒你醉的眼花恁樣了。簪子落地下。就看不見王婆在傍插口道大娘子你休怪大官人。他離城四十里見蜜蜂兒揦屎。出門交癩象拌了一交原來覷遠不覷近西門慶道緊自他麻犯人。你又自作耍。婦人因見手中拏着一根紅骨細洒金金釘鉸川扇兒取過來迎亮處只一照原來婦人久慣知風月中事兒。

扇兒多是牙咬的碎眼兒就是那個人與他的扇子不由分說兩把折了西門慶救時已是扯的爛了說道這扇子是我一個朋友卜志道送我的今日纔拏了三日被你扯爛了那婦人偎落了他一回只見迎兒拿茶來叫迎兒放下茶托與西門慶磕頭王婆道你兩口子賭了這半日也勾了休要悮了勾當老身廚下收拾去也婦人一面分付迎兒房中放卓兒預先安排下與西門慶上壽的酒肴無非是燒鷄熟鵝鮮魚肉酢菓品之類須臾安排停當拏到房中擺在卓上婦人向箱中取出與西門慶做下上壽的物事用盤托盛着擺在面前與西門慶觀看一雙玄色段子鞋一雙挑線密約深盟隨君膝下香草邊闌松竹梅花歲寒三友醬色段子護膝一條紗綠潞紬永祥雲嵌

八寶水光絹裡兒紫線帶兒。裡面裝着排草梅桂花兜肚。一根並頭蓮瓣簪兒。簪兒上。鈒着五言四句詩一首。云。奴有並頭蓮贈與君關髻。凡事同頭上。切勿輕相棄。西門慶一見。滿心歡喜。把婦人一手摟過。親了個嘴。說道。知你有如此一段聰慧少有。婦人教迎兒執壺。斟一盃。與西門慶。花枝招颭。揷燭也似磕了四個頭。那西門慶連忙拖起來。兩個並肩而坐。交杯換盞飲酒。那王婆陪着。吃了幾杯酒。吃的臉紅紅的。告辭回家去了。二人自在取樂頑耍。迎兒打發王婆出去。關上大門。廚下坐的。婦人陪伴西門慶。飲酒多時。看看天色晚來。但見

密雲迷晚岫。暗霧鎖長空。群星與皓月爭輝。綠水共青天閗映碧。僧投古寺。深林中嚷嚷鴉飛。客奔荒村。閭巷內汪汪犬吠。

桉上子規啼夜月。園中粉蝶戲花來。

當下西門慶分付小厮回馬家去。就在婦人家歇了。到晚夕二人如顛狂鴛子相似。儘力盤桓。淫慾無度。常言道。樂極悲生。泰極否來。光陰迅速。单表武松。自從領了知縣書禮。離了清河縣。送禮物馱担。到東京朱太尉處。下了書禮。交割了箱馱。街上各處閑行了幾日。討了回書。領一行人。取路回山東大路而來。去時三四月天氣。回來却淡暑新秋。路上水雨連綿。遲了日限。前後往回也有三個月光景。在路上雨水所阻。只覺得神思不安。身心恍惚。赶回要看哥哥。不免差了一個土兵。預先報與知縣相公。又私自寄了一封家書。與他哥哥武大。說他也不久。只在八月内回還。那土兵先下了知縣相公稟帖。然後逕奔來抓尋武大家。可可天假其便。王婆正在門首。那士兵見武大家閉着纔要叫門。婆子便問你是尋誰的。士兵道我是武都頭差來下書。與他哥哥。婆子道武大郎不在家。都上墳去了。你有書信交與我就是了。等他歸來。我遞與他也是一般。那士兵向前唱了一個喏。便向身邊取出家書來。交與王婆。忙忙促促。騎上頭口。飛的一般去了。這王婆拏着那封書。從後門走過婦人家來。迎兒開了門。婆子入來。原來婦人和西門慶。狂了半夜。約睡至飯時。還不起來。王婆叫道。大官人娘子起來。有句話。和你們說。如今如此如此。這般這般。武二差土兵寄了書來。他與哥哥說他不久就到。我接下幾句話兒。打發他去了。你們不可遲滯。早處長便。那西門慶不聽。萬事皆休。聽了此言。正是分門八塊頂粱骨。傾下半桶氷雪來。一面與婦人多趕來。穿上衣服。請王婆到房內坐了。取出書來。與西門慶看了。武松書中寫着。不過中秋回家。二人都慌了手脚。說道如此怎了。乾娘遮藏我每則個。恩有重報。不敢有忘。我如今與大姐。情深意海。不能相捨。武二那廝回來。便要分散。如何是好。婆子道。大官人有什麽難處之事。我前日已說過了。初嫁由爹娘。後嫁由自已。古來叔嫂不通門戶。如今已自大郎百日來到。大娘子請上幾位衆僧來。把這靈牌子燒了。趂武二未到家來。大官人一頂轎子。娶了家去。等武二那廝回來。我自有話說。他敢怎的。自此你二人。自在一生。無些鳥事。西門慶便道。乾娘說的是。正是人無剛骨。安身不牢。當日西門慶和婦人用畢早飯。約定八月初六日。是武大郎百日。請僧念佛燒靈。初八日晚。抬娶婦人家去。三人計議已定。不一時玳安雇馬來。接回家。不在話下。光陰似箭。日月如梭。又早到八月初六日。西門慶拏了數兩散碎銀錢。二斗白米齋襯。來婦人家。教王婆報恩寺。請了六個僧。在家做水陸。超度武大。并天晚夕除靈。道人頭五更。就挑了經担來。鋪陳道場。懸掛佛像。王婆伴廚子在灶上。安排整理齋供。西門慶那日。就在婦人家歇了。不一時。和尚來到。搖响靈杵。打動鼓鈸。宣揚諷誦。呪演法華經。禮拜梁王懺。早辰發牒。請降三寶。證盟功德。請佛獻供午刻召亡施食。不必細說。且說潘金蓮。怎肯齋戒。陪伴西門慶。睡到日頭半天。還不起來。和尚請齋主拈香僉字。証盟禮佛。婦人方纔起來梳洗。喬素打扮。來到佛前參拜。那衆和尚。見了武大

這個老婆一個個都昏迷了佛性禪心一個個多關不住心猿意馬都七顛八倒酥成一塊但見

班首輕狂念佛號不知顛倒維摩昏亂誦經言豈顧高低燒香行者推倒花瓶秉燭頭陀錯拏香盒宣盟表白大宋國稱做大唐懺罪闍黎武大郎念爲大父武長老心忙打鼓錯拏徒弟手沙彌心蕩磬搥打破老僧頭從前苦行一時休萬個金剛降不住

那婦人佛前燒了香僉了字拜禮佛畢回房去了依舊陪伴西門慶做一處擺上酒席葷腥來自去取樂西門慶分付王婆有事你自答應便了休教他來聒噪六姐婆子哈哈笑道大官人你到放心由着老娘和那禿廝纏你兩口兒是會受用看官聽

說世上有德行的高僧。坐懷不亂的少。古人有云。一個字便是僧。二個字便是和尚。三個字是個鬼樂官。四個字是色中餓鬼。蘓東坡又云。不禿不毒。不毒不禿。轉毒轉禿。轉禿轉毒。此一篇議論。專說這爲僧戒行。住着這高堂大厦。佛殿僧房。吃着那十方檀越錢粮。又不耕種。一日三飡。又無甚事縈心。只專在這色慾上留心。譬如在家俗人。或士農工商。富貴長者。小相俱全。每被利名所絆。或人事往來。雖有美妻少妾在旁。忽想起一件事來。関心。或探探瓮中無米。囤內少柴。早把興來沒了。却輸與這和尚每許多。有詩爲証。

色中餓鬼獸中狨　壞教貪淫玷祖風
此物只宜林下看　不堪引入畫堂中

當時這衆和尚見了武大這個老婆。喬模喬樣。多記在心裡。到午齋往寺中歇晌回來。婦人正和西門慶在房裡飲酒作歡。原來婦人卧房正在佛堂一處。止隔一道板壁。有一個僧人先到走在婦人窗下水盆裡洗手。忽然聽見婦人在房裡顫聲柔氣呻呻吟吟。哼哼唧唧。恰似有人在房裡交姤一般。于是推洗手。立住了脚。聽勾良久。只聽婦人口裡嗽聲呼叫西門慶達達。你休只顧䂖打到幾時。只怕和尚來聽見。饒了奴。快些丟了罷。西門慶道。你且休慌。我還要在蓋子上燒一下兒哩。不想都被這禿廝。聽了個不亦樂乎。落後衆和尚都到齊了。吹打起法事來。一個傳一個。都知道婦人有漢子在屋裡。不覺都手之舞之。足之蹈之。臨佛事完滿。晚夕送靈化財出去。婦人又早除了孝髻。

換了一身艷衣服在簾裡與西門慶兩個並肩而立看着和尚化燒靈座王婆舀將水點一把火來登時把靈牌并佛燒了那賊禿冷眼瞧見簾子裡一個漢子和婆娘影影綽綽並肩站立想起白日裡聽見那些勾當只個亂打鼓摒鈸不住被風把長老的僧伽帽刮在地下露見青旋旋光頭不去拾只顧摒鈸打鼓笑成一塊王婆便叫道師父府馬也燒過了還只個摒打怎的和尚荅道還有紙爐盖子上沒燒過西門慶聽見一面令王婆快打發襯錢與他長老道請齋主娘子謝謝婦人道王婆說免了罷衆和尚道不如饒了罷一齊哄的去了正是遺踪堪入時人眼不買胭脂畫牡丹有詩為証

淫婦燒靈志不平　和尚竊壁聽淫聲

果然佛道能消罪　亡者聞之亦慘魂

畢竟未知後來何如。且聽下回分解。

第九回

西門慶偷娶潘金蓮

武都頭悞打李皂隷

第九回

西門慶計娶潘金蓮　武都頭悞打李外傳

色膽如天不自由　情深意密兩綢繆
只思當日同歡愛　豈想蕭墻有後憂
只貪快樂恣悠遊　英雄壯士報寃仇
天公自有安排處　勝負輸贏卒未休

話說西門慶與潘金蓮。燒了武大靈。換了一身艷色衣服。晚夕安排了一席酒。請王婆來作辭。就把迎兒交付與王婆養活。分付等武二回來。只說大娘子。度日不過。他娘教他前去。嫁了外京客人去了。婦人箱籠。早先一日。都打發過西門慶家去。剩下些破卓壞櫈。舊衣裳。都與了王婆。西門慶又將一兩銀子相謝。

到次日。一頂轎子。四個灯籠。王婆送親。玳安跟轎。把婦人擡到家中來。那條街上。遠近人家。無有一人不知此事。都懼怕西門慶。是個刁徒潑皮有錢有勢。誰敢來多管。地街上編了四句口號。說得極好。

堪笑西門不識羞　先奸後娶醜名留
轎內坐着浪淫婦　後邊跟着老牽頭

西門慶娶婦人到家。收拾花園內樓下三間。與他做房。一個獨獨小院角門進去。設放花草盆景。白日間人跡罕到。極是一個幽僻去處。一邊是外房。一邊是卧房。西門慶旋用十六兩銀子。買了一張黑漆歡門描金床。大紅羅圈金帳幔。寶象花揀桩桌椅錦杌。擺設齊整。大娘子吳月娘。房裡使着兩個丫頭。一名春梅。一名玉簫。西門慶把春梅。叫到金蓮房內令他伏侍金蓮赶着叫娘。却用五兩銀子。另買一個小丫頭。名喚小玉。伏侍月娘又替金蓮六兩銀子。買了一個上灶丫頭。名喚秋菊。排行金蓮做第五房。先頭陳家娘子。陪床的。名喚孫雪娥。約二十年紀。生的五短身材。有姿色西門慶與他帶了鬏髻。排行第四。以此把金蓮做個第五房。此事表過不題。這婦人一娶過門來西門慶家中大小。多不歡喜。看官聽說。世上婦人眼裡火的極多。隨你甚賢慧婦人。男子漢娶小。說不嗔。及到其間。見漢子往他房裡同床共枕。歡樂去了。雖故性兒好殺。也有兇分臉酸心歹。正是可惜團圓今夜月。清光咫尺別人圓。西門慶當下。就在婦人房中宿歇。如魚似水。美愛無加。到第二日。婦人梳粧打扮。穿一套

艷色衣服。春梅捧茶。走來後邊大娘子吳月娘房裡。拜見大小
遞見面鞋腳。月娘在坐上。仔細定睛觀看。這婦人年紀不上二
十五六。生的這樣標致。但見

眉似初春柳葉。常含着雨恨雲愁。臉如三月桃花。暗帶着風
情月意。纖腰嬝娜。拘束的燕懶鶯慵。檀口輕盈。勾引得蜂狂
蝶亂。玉貌妖嬈花解語。芳容窈窕玉生香。

吳月娘從頭看到腳。風流往下跑。從腳看到頭。風流往上流。論
風流。如水晶盤內走明珠。語態度。似紅杏枝頭籠曉日。看了一
回。口中不言。心內暗道。小厮每家來。只說武大怎樣一個老婆。
不曾看見。今日果然生的標致。怪不的俺那強人愛他。金蓮先
與月娘磕了頭。遞了鞋腳。月娘受了他四禮。次後李嬌兒。孟玉

樓孫雪娥多拜見平敘了姊妹之禮立在傍邊月娘教丫頭拏個坐兒教他坐分付丫頭媳婦赶着他叫五娘這婦人坐在傍邊不轉睛把眼兒只看吳月娘約三九年紀因是八月十五日生的故小字叫做月娘生的面若銀盆眼如杏子舉止溫柔持重寡言第二個李嬌兒乃院中唱的生的肥膚豐肥身體沉重在人前多咳嗽一聲上床賴追陪解數名妓者之稱而風月多不及金蓮也第三個就是新娶的孟玉樓約三十年紀生的貌若梨花腰如楊柳長挑身材瓜子臉兒稀稀多幾點微麻自是天然俏麗惟裙下雙彎金蓮無大小之分第四個孫雪娥乃房裡出身五短身材輕盈體態能造五鮮湯水善舞翠盤之妙這婦人一抹兒多看到在心裡過三日之後每日清晨起來就來

房裡與月娘做針指做鞋脚。凡事不拏強拏。不動強動。指着丫頭。赶着月娘。一口一聲。只叫大娘。快把小意兒貼戀幾次。把月娘喜歡的沒入脚處。稱呼他做六姐。衣服首飾。揀心愛的與他吃飯吃茶。和他同卓兒一處吃。因此李嬌兒等衆人。見月娘錯敬他。各人都不做喜歡。說俺們是舊人。到不理論。他來了多少時。便這等慣了他。大姐好沒分曉。正是

前車倒了千千輛　後車倒了亦如然
分明指與平川路　錯把忠言當惡言

且說西門慶。娶潘金蓮來家。住着深宅大院。衣服頭面。又相趂二人女貌郎才。正在妙年之際。凡事如膠似漆。百依百隨。淫慾之事。無日無之。按下這裡不題。單表武松。八月初旬。到了清河

縣。且去縣裡。交納了回書。知縣看了大喜。已知金銀寶物交得明白。賞了武松十兩銀子。酒食管待他。不必說。武松回到下處房裡。換了衣服。鞋腳帶上一頂新頭巾。鎖了房門。一逕投紫石街來。兩邊衆隣舍。看見武松回來。都吃一驚。捏兩把汗。說道這番蕭墻禍起了。這個太歲歸來。怎肯干休。必然弄出事來。武松走到哥哥門前。揭起簾子。探身入來。看見迎兒小女。在樓穿廊下撚線。說道。我莫不眼花了。叫聲嫂嫂也不應。叫聲哥哥也不應。道我莫不耳聾了。如何不見我哥嫂聲音。向前便問迎兒小女。那迎兒小女見他叔叔來。謊的不敢言語。武松道。你爹娘往那裡去了。迎兒只是哭不做聲。正問着。隔壁王婆聽得是武二歸來。生怕決撒了。只得走過。封着迎兒支吾。武二見王婆過來。唱了個喏問道我哥哥往那裡去了嫂嫂也怎的不見那婆子道二哥請坐我告訴你哥哥自從你去了到四月間得個拙病死了武二道我哥哥四月幾時死了得什麼病吃誰的藥來王婆道你哥哥四月二十頭猛可地害急心疼起來病了八九日求神問卜什麼藥吃不到醫治不好死了武二道我的哥哥從來不曾有這病如何心疼便死了王婆道都頭却怎的這般說天有不測風雲人有旦夕禍福今早脫下鞋和襪未審明朝穿不穿誰人保得常沒事武二道我哥哥如今埋在那裡王婆道你哥哥一倒了頭家中一文錢也沒有大娘子又是沒脚蟹那裡去尋墳地做着虧他左邊一個財主前與大郎有一面之交捨助一具棺木沒奈何放了三日擡出一把火燒了武二道今嫂

嫂往那裡去了。婆子道。他少女嫩婦的。又沒的養贍過日子。胡亂守了百日孝。他娘勸道。前月他嫁了外京人去了。丟下這個業障丫頭子。教我替他養活。專等你回來。交付與你。也了我一場事。武二聽言。沉吟了半晌。便撇下了王婆。出門去。逕投縣前下處去。開了門。去門房裡。換了一身素淨衣服。便教土兵街上打了一條麻縧。買了一雙綿鞋。一頂孝帽。帶在頭上。又買了些菓品點心香燭冥紙金銀錠之類。歸到哥哥家。從新安設武大郎靈位。安排羹飯。就在卓子上。點起燈燭。鋪設酒肴。掛起經旛紙縛。那消兩個時辰。安排得端正。約一更已後。武二拈了香。撲番身便拜道。哥哥陰魂不遠。你在世時。為人軟弱。今日死後。不見分明。你看若是負屈啣冤。被人害了。托夢與我。兄弟替你報

竟季恨把酒一面澆奠了燒化冥帋武二便放聲大哭哭倒還是
一路上來的人哭的那兩家隣舍無不悽惶武二哭罷將這羮
飯酒肴和士兵迎兒吃了討兩條蓆子教士兵房中傍邊睡武
二把迎兒房中睡他便把條蓆子就武大靈桌子前睡約莫將
半夜時分武二番來覆去那裡睡得着口裡只是長吁氣那士
兵齁齁的却是死人一般挺在那裡武二扒將起來看時那靈
桌子上琉璃燈半明半滅武二坐在蓆子上自言自語口裡說
道我哥哥生時懦弱死後却無分明說由未了只見那靈桌子
下捲起一陣冷風來但見

無形無影非霧非烟盤旋似怪風侵骨冷凜冽如殺氣透肌
寒昏昏暗暗靈前燈火失光明慘慘幽幽壁上紙錢飛散亂

隱隱遮藏食毒鬼。紛紛飄逐影魂幡。
那陣冷風逼得武二毛髮皆豎起來。定睛看時。見一個人。從靈桌底下。鑽將出來。叫聲兄弟。我死得好苦也。武二看不仔細。卻待向前再問時。只見冷氣散了。不見了人。武二一交跌番在蓆子上坐的。尋思道怪哉。是夢非夢。剛纔我哥哥正要報我知道。又被我的神氣冲散了他的魂。想來他這一死必然不明。聽那更鼓。正打三更三點。回頭看那士兵。正睡得好。于是咄咄不樂。等到天明。卻再理會。胡亂眺了一回。看看五更雞叫。東方將明。士兵起來燒湯。武二洗漱了。喚起迎兒看家。帶領士兵。出了在街上。訪問街坊隣舍。我哥哥怎的死了。嫂嫂嫁得何人去了。那街坊隣舍。明知此事。都懼怕西門慶。誰肯來管。只說都頭。不消

訪問。王婆在紫隔壁住。只問王婆就知了。有那多口的。說賣梨
的鄆哥兒。與仵作何九二人最知詳細。這武二竟走來街坊前
去尋鄆哥不見。那小猴子。手裡拏着個柳籠簸羅兒。正糴米回
來。武二便叫鄆哥兄弟唱喏。那小厮見是武二叫他。便道武都
頭。你來遲了一步兒。須動不得手。只是一件。我的老爹六十歲。
沒人養贍。我却難保你們打官司耍子。武二道。好兄弟。跟我來。
引他到一個飯店樓上。武二叫過賣。造兩分飯來。武二對鄆
哥道兄弟你雖年幼。倒有養家孝順之心。我沒什麼。向身邊摸
出五兩碎銀子。遞與鄆哥道。你且拏去。與老爹做盤費。我自有
用你處。待事務畢了。我再與你十來兩銀子。做本錢。你可備細
說與我哥哥和甚人合氣。被甚人謀害了。家中嫂嫂。被那一個

取去你一一說來、休要隱匿。這鄆哥。一手接過銀子、自心裡想

道。這五兩銀子、老爹也勾盤費得三五個月、便陪他打官司也

不妨。一面說道武二哥、你聽我說、只怕說與你休氣苦、于是把

賣梨兒、尋西門慶。後被王婆、怎地打不放進去。又怎的帮扶武

大捉姦。西門慶怎的踢中了武大心。疼了幾日。不知怎的死了。

從頭至尾、訴說了一遍。武二聽了、便道你這話說是實麼。又問

道我的嫂子嫁與甚麼人去了、鄆哥道、你嫂子乞西門慶擡到

家。待搗吊底子兒自還問他實也是虛、武二道。你休說謊、鄆哥

道我便官府面前。也只是這般說武二道。兄弟既然如此討飯

來吃、須臾大盤大碗。吃了飯、武二還了飯錢兩個下樓來、分付

鄆哥。你回家、把盤費交與你老爹、明日早來縣前、與我證一證。

又問何九在那裡居住。鄆哥道。你這時候尋何九。你未曾來時。
三日前走的。不知往那裡去了。這武二放了鄆哥家去。到次日
武二早起。先在陳先生家寫了狀子。走到縣門前。只見鄆哥在
此伺候。一直帶到廳上跪下。聲寃起來。知縣看見認的是武松。
便問你告什麽。因何聲寃。武二告道。小人哥哥武大被豪惡西
門慶與嫂潘氏通奸。踢中心窩。王婆主謀。陷害性命。何九朦朧
入殮。燒毀屍傷。見今西門慶覇占嫂在家爲妾。見有這個小廝
鄆哥是證見。望相公做主則個。因遞上狀子。知縣接着便問何
九怎的不見。武二道。何九知情在逃。不知去向。知縣于是摘問
了鄆哥口詞。當下退廳與佐貳官吏通同商議。原來知縣縣丞
主簿典史上下多是與西門慶有首尾的。因此官吏通同計較

這件事。難以問理。知縣出來便叫武松道你也是個本院中都
頭不省得法度。自古捉奸見雙捉賊見贓。殺人見傷。你那哥哥
屍首又沒了。又不曾捉得他奸他今只憑這小廝口內言語。便
問他殺人的公事莫非公道忒偏向麽。你不可造次。須要自巳
尋思當行即行。當止即止武二道告禀相公道。這多是實情不
是小人捏造出來的知縣道。你且起來。待我從長計較可行時
便與你拏人。武二方纔起來。走出外邊。把鄆哥留在裡面。不放
回家早有人把這件事。報與西門慶得知說武二回來。帶領鄆
哥告狀一節西門慶慌了。卻使心腹家人來保來旺身邊袖着
銀兩打點官吏都買囑了。到次日早辰。武二在廳上。巳告禀知
縣催逼拿人。誰想這官人貪圖賄賂。問下狀子來。說道武二你

休聽外人挑撥和西門慶做對頭這件事欠明白難以問理聖人云經目之事猶恐未眞背後之言豈能全信你不可一時造次當該吏典在旁便道都頭你在衙門裡也曉得法律但凡人命之事須要屍傷病物踪五件事俱完方可推問你那哥哥屍首又沒了怎生問理武二道既然相公不准所告且却有理收了狀子下廳來來到下處放了鄆哥歸家不覺仰天長歎一聲咬牙切齒口中罵淫婦不絕這漢子怎消洋這一口氣一直奔到西門慶生藥店前要尋西門慶厮打正見他開舖子的傅夥計在木櫃裡面見武二狠狠的走來聲喏問道大官人在宅上麽傅夥計認的是武二便道不在家了都頭有甚話說武二道且請借一步說話傅夥計不敢不出來被武二引到僻靜巷口

說話武二一番過臉來用手撮住他衣領睁圓怪眼說道你要死却是要活傳夥計道都頭在上小人又不曾觸犯了都頭都頭何故發怒武二道你若要死便不要說若要活時你對我實說西門慶那厮如今在那裡我個嫂子被他娶了多少日子一一說來我便罷休那傳夥計是個小胆之人見武二發作慌了手脚說道都頭息怒小人在他家每月二兩銀子顧着小人只開舖子並不知他閑帳大官人本不在家剛纔和一相知往獅子街大酒樓上吃酒去了小人並不敢說謊武二聽了此言方纔放了手大扠步雲飛奔到獅子街來諕的傳夥計半日移脚不動那武二逕奔到獅子街橋下酒樓前且說西門慶正和縣中一個皂隷李外傳專一在縣在府綽攬些公事往來聽氣兒撰

錢使若有兩家告狀的他便賣串兒或是官吏打點他便兩下裡打背又因此縣中起了他個諢名叫做李外傳那日見知縣回出武松狀子討得這個消息要來回報西門慶知道武二告狀不行一面西門慶讓他在酒樓上飲酒把五兩銀子送他正吃酒在熱鬧處忽然把眼向樓窗下看武松凶人從橋下直奔酒樓前來已知此人來意不善推更衣從樓後窗只一跳順着房山跳下人家後院內去了那武二奔到酒樓前便問酒保西門慶在此麼那酒保道西門大官和一相識在樓上吃酒哩武二撥步撩衣飛搶上樓去只見一個人坐在正面兩個唱的粉頭坐在兩邊認的是本縣皂隸李外傳知就來報信的心中甚怒向前便問西門慶那裡去了那李外傳見是武二諕得謊了

半日說不出來。被武二一脚。把卓子踢倒了。碟兒盞兒。都打的粉碎。兩個唱的。也諕得走不動。武二匹面向李外傳打一拳來。李外傳叫聲沒呀。時便跳起來。立在櫈子上。樓後窗尋出路。被武二雙提住。隔着樓前窗。倒撞落在當街心裡來。跌得個發昏。下邊酒保。見武二行惡。都驚得呆了。誰敢向前。街上兩邊人多住了脚。睜眼。武二又氣不捨。奔下樓。見那人已跌得半死。直挺挺在地。只把眼動。于是撲襠。又是兩脚。嗚呼哀哉。斷氣身亡。衆人道。都頭。此人不是西門慶。錯打了他。武二道。我問他如何不說。我所以打他。原來不經打。就死了。那地方保甲。見人死了。又不敢向前捉武二。只得慢慢挨近上來。收籠他。那裡肯放鬆。連酒保王鸞。并兩個粉頭包氏牛氏。都拴了。竟投縣衙裡來見知縣。此時哄動了獅子街。鬧了清河縣。街上看的人。不計其數。多說西門慶不當死。不知走的那裡去了。却拏這個人來頂缸。正是張公吃酒李公醉。桑樹上吃刀柳樹上暴。誰人受用。誰人吃官司。有這等事。有詩為證。

英雄雪恨被刑纏　天公何事黑漫漫
九泉乾死食毒客　深閨笑殺一金蓮

畢竟未知後來如何。且聽下回分解

第十回　義士充配孟州道

妻妾翫賞芙蓉亭

第十回

武二充配孟州道　妻妾宴賞芙蓉亭

朝看瑜伽經　暮誦消災咒
種瓜須得瓜　種荳須得荳
經呪本無心　寃結如何究
地獄與天堂　作者還自受

話說被地方保甲。拏去縣裡見知縣去了。且表西門慶。跳下樓窗。順着房山。扒伏在人家院裡藏了。原來是行醫的胡老人家。只見他家使的。一個大胖了頭走來毛廁裡淨手。蹶着大屁股。猛可見了一個漢子。扒伏在院墻下。往前走不迭。大叫有賊了。慌的胡老人。急進來看見。認的是西門慶。便道大官人。且喜武二尋你不着把那人打死了地方拏去縣中見官去了多已定死罪大官人歸家去無事這西門慶拜謝了胡老人搖擺着來家一五一十對潘金蓮說二人拍手喜笑以爲除了患害婦人叫西門慶上下多使些錢務要結果了他休要放他出來西門慶一面差心腹家人來旺兒饋送了知縣一副金銀酒器五十兩雪花銀上下吏典也使了許多錢只要休輕勘了武二知縣受了西門慶賄賂到次日早衙陞廳地方保甲押着武二并酒保唱的干証人在廳前跪下縣主一夜把臉番了便叫武二你這厮昨日虛告如何不遵法度今又平白打死了人有何理說武二磕頭告道望相公與小人做主小人本與西門慶執仇厮打不料撞遇了此人在酒樓上問道西門慶那裡去了他不說

小人一時怒起悞打死了他。知縣道這廝胡說你豈不認的他是縣中皂隸想必別有緣故。你不實說喝令左右與我加起刑來。人是苦蟲不打不成。兩邊閃三四個皂隸役卒。抱許多刑具。把武松拖翻。雨點般篦板子打將下來。須臾打了二十板。打得武二口口聲聲叫寃說道小人平日也與相公用力効勞之處。相公豈不憫念相公休要苦刑小人。知縣聽了此言越發惱了你這廝親手打死了人。尚還口强。抵賴那個。喝令與我好生拶起來當下拶了武松一拶。敲了五十杖子。教取面長枷帶了。收在監內。一干人寄監在門房裡。內中縣丞佐貳官也有和武二好的。念他是個義烈漢子。有心要周旋他。爭奈多受了西門慶賄賂。粘住了口。做不的張主。又見武松只是聲寃延挨了幾日只得朦朧取了供招，喚當該吏典，并仵作甲隣人等，押到獅子街，檢驗李外傳身屍，塡寫屍單格目，委的被武松尋問他索討分錢不均，酒醉怒起，一時鬪毆，拳打脚踢，撞跌身死，左肋面門心坎腎囊，俱有青赤傷痕不等。檢驗明白，回到縣中，一日做了文書，申詳解送東平府來。詳允發落，這東平府府尹姓陳，雙名文昭，乃河南人氏，極是個清廉的官，聽的報來，隨即陞廳。那官人但見：

平生正直，稟性賢明，幼年向雪案攻書，長大在金鑾對策，常懷忠孝之心，每行仁慈之念。戶口增，錢粮辦，黎民稱頌滿街衢；詞訟減，盜賊休，父老謳歌喧市井。攀轅截鐙，名標書史播千年；勒石鐫碑，聲振黃堂傳萬古。正直清廉民父母，賢良方正號青天。
這府尹陳文昭、已知這事了、便教押過這一干犯人、就當廳先把清河縣申文看了、又把各人供狀招擬看過、端的上面怎生寫着、文曰、

東平府清河縣、為人命事、呈稱犯人武松、年二十八歲、係陽谷縣人氏、因有膂力、本縣參做都頭、因公差回還、祭奠亡兄、見嫂潘氏守孝不滿、擅自嫁人、是松在巷口打聽、不合與獅子街王鸞酒樓上撞遇先不知名、今知名李外傳、因酒醉索討前借錢三百文、外傳不與、又不合因而鬥毆、互相不伏、揪打踢撞傷重、當時身死、比有娼婦牛氏包氏見證、致被地方保甲捉獲、委官前至屍所、拘集使作甲隣人等、檢驗明白、取

供具結塡圖解繳前來覆審無異同擬武松合依鬬毆殺人不問手足他物金刃律絞。酒保王鸞并牛氏包氏俱供明無罪。今合行申到案發落請允施行。

政和三年八月　日知縣李達天縣丞樂和安主簿華何祿

典史夏恭基司吏錢勞。

府尹看了一遍將武松叫過面前跪下問道你如何打死這李外傳那武松只是朝上磕頭告道青天老爺小的到案下得見天日容小的說小的敢說府尹道你只顧說來武松道小的本爲哥哥報仇因尋西門慶悞打死此人把前情訴告了一遍委是小的負屈啣寃西門慶錢大禁他不得但只是個小人哥哥武大含寃地下枉了性命府尹道你不消多言我已盡知了因

把司吏錢勞叶來痛責二十板說道你那知縣也不待做官何故這等任情賣法于是將一干人衆一一審錄過用筆將武松供招都改了因向佐貳官說道此人爲兄報仇悞打死這李外傳也是個有義的烈漢比故殺平人不同一面打開他長枷換了一面輕罪枷枷了下在牢裡一干人等都發回本縣聽候一面行文書着落清河縣添題豪惡西門慶并嫂潘氏王婆小厮鄆哥仵作何九一同從公根勘明白奏請施行武松在東平府監中人都知道他是屈官司因此押牢禁子都不要他一文錢到把酒食與他吃早有人把這件事報到清河縣西門慶知道了慌了手脚陳文昭是個清廉官不敢來打點他走去央求浼親家陳宅心腹并家人來報星夜來往東京下書與楊提督提

督轉央內閣蔡太師太師又恐怕傷了李知縣名節連忙賫了一封緊要密書帖兒特來東平府下書與陳文昭免提西門慶潘氏這陳文昭原係大理寺寺正陞東平府府尹又係蔡太師門生又見楊提督乃是朝廷面前說得話的官以此人情兩盡了只把武松免死問了個脊杖四十刺配二千里充軍況武大已死屍傷無存事涉疑似勿論其餘一干人犯釋放寧家申詳過省院文書到日即便施行陳文昭從牢中取出武松來當堂讀了朗廷明降開了長枷免不得脊杖四十取一具七斤半鐵葉團頭枷釘了臉上刺了兩行金字迭配孟州牢城其余發落已完當堂府尹押行公文差兩個防送公人領了武松解赴孟州交割當日武松與兩個公人出離東平府來到本縣家中將

家活多辦買了。打發那兩個公人。路上盤費。安撫左隣姚二郎。看管迎兒。倘遇朝廷恩典。赦放還家。恩有重報。不敢有忘。那街坊隣舍。上戶人家。見武二是個有義的漢子。不幸遭此刑。平昔與武二好的。都資助他銀兩。也有送酒食錢米的。武二到下處。問土兵要出行李包裹來。即日離了清河縣上路。迤邐往孟州大道而行。正遇着中秋天氣。此這一去。正是若得苟全痴性命。也甘飢餓過平生。有詩為證。

府尹推詳秉至公　武松垂死又疏通
今朝刺配牢城去　病草萋萋遇煖風

這裡武二。往孟州充配去了不題。且說西門慶打聽他上路去了。一塊石頭方落地。心中如去了痞一般。十分自在。于是家中分付家人來旺來保興兒收拾打掃後花園芙蓉亭乾淨鋪設圍屏懸起金障安排酒席齊整叫了一起樂人吹彈歌舞請大娘子吳月娘第二李嬌兒第三孟玉樓第四孫雪娥第五潘金蓮合家歡喜飲酒家人媳婦丫鬟使女兩邊侍奉怎見當日好筵席但見

香焚寶鼎花插金瓶器列象州之古玩簾開合浦之明珠水晶盤內高堆火棗交梨碧玉盃中滿泛瓊漿玉液烹龍肝炮鳳腑果然下筯了萬錢黑熊掌紫駝蹄酒後獻來香滿座更有那軟炊紅蓮香稻細膾通印子魚伊魴洛鯉誠然貴似牛羊龍眼荔枝信是東南佳味碾破鳳團白玉甌中分白浪斟來瓊液紫金壺內噴清香畢竟壓賽孟常君只此敢欺石崇

當下西門慶與吳月娘居上其餘李嬌兒孟玉樓孫雪娥潘金蓮多兩傍列坐傳盃弄盞花簇錦攢飲酒只見小廝玳安領下一個小廝一個小女兒纔頭髮齊眉兒生的乖覺拏着兩個盒兒說道隔壁花太監家的送花兒來與娘們戴走到西門慶月娘衆人跟前都磕了頭立在傍邊說俺娘使我送這盒兒點心并花兒與西門大娘戴揭開簾子看盒兒一盒是朝廷上用的菓餡椒塩金餅一盒是新摘下來鮮玉簪花兒月娘滿心歡喜說道又叫你娘費心一面看菜兒打發兩個吃了點心月娘與了那小丫頭一方汗巾兒與了小廝一百文錢說道多上覆你娘多謝了因問小丫頭兒你叫什麼名字他回言道我叫綉春

小厮叫做天福兒打發去了月娘便向西門慶道咱這裡間壁住的花家這娘子兒倒且是好常時使過小厮丫頭送東西與我我並不曾回些禮兒與他西門慶道花二哥他娶了這娘子兒今不上二年光景他自說娘子好個性兒不然房裡怎生得這兩個好丫頭月娘道前者六月間他家老公公死了出殯時我在山頭會他一面生的五短身材團面皮細彎彎兩道眉兒且自白淨好個溫克性兒年紀還小哩不上二十四五西門慶道你不知他原是大名府梁中書妾晚嫁花家子虛帶了一分好錢來月娘道他送盒來親近你我又在個緊隣咱休差了禮數到明日也送些禮物回荅他看官聽說原來花子虛渾家娘家姓李因正月十五日所生那日人家送了一對魚瓶兒來就

小字喚做瓶姐。先與大名府梁中書家爲妾。梁中書乃東京蔡太史女婿。夫人性甚嫉妬。婢妾打死者多埋在後花園中。這李氏只在外邊書房内住。有養娘扶侍。只因政和三年正月上元之夜。梁中書同夫人在翠雲樓上。李逵殺了全家老小。梁中書與夫人各自逃生。這李氏帶了一百顆西洋大珠。二兩重一對鴉青寶石。與養娘媽媽走上東京投親。那時花太監由御前班直陞廣南鎮守。因姪男花子虛沒妻室。就使媒人說親。娶爲正室。太監在廣南去。也帶他到廣南。住了半年有餘。不幸花太監有病告老在家。因見清河縣人。在本縣住了。如今花太監死了。一分錢多在子虛手裡。每日同朋友在院中行走。與西門慶都是會中朋友。西門慶是個大哥。第二個姓應雙名伯爵。原是開細絹舖的應員外兒子沒了本錢跌落下來專在本司三院幇嫖貼食會一腳好氣毬雙陸棋子件件皆通第三個姓謝名希大字子純亦是幇閑勤兒會一手好琵琶每日無營運專在院中吃些風流茶飯還有個祝日念孫寡嘴吳典恩雲裡手常時節卜志道白來搶共十個朋友卜志道故了花子虛補了每月會在一處叫兩個唱的花攢錦簇頑耍衆人見花子虛乃是內臣家勤兒手裡使錢撒漫都亂撮合他在院中請表子整三五夜不歸家正是

紫陌春光好　紅樓醉管絃
人生能有幾　不樂是徒然

此事表過不題且說當日西門慶率同妻妾合家歡喜在芙蓉

亭上飲酒。至晚方散。歸到潘金蓮房中。已有半酣。乘着酒興。要和婦人雲雨。婦人連忙薰香打鋪。和他解衣上床。西門慶且不與他雲雨。明知婦人第一好品簫。于是坐在青紗帳内。令婦人馬爬在身邊。雙手輕籠金釧。捧定那話。往口裡吞放。西門慶垂首翫其出入之妙。鳴咂良久。淫興倍增。因呼春梅進來遞茶。婦人恐怕丫頭看見。連忙放下帳子來。西門慶道。怕怎麽的。因說起隔壁花二哥房裡。到有兩個好丫頭。今日送花來的是小丫頭。還有一個。也有春梅年紀。也是花二哥收過用了。但見他娘在門首站立。他跟出來。見是生的好模樣兒。誰知這花二哥年紀小小的。房裡恁般用人。婦人聽了。瞅了他一眼。說道。怪行貨。我不好罵你。你心裡要收這個丫頭。收他便了。如何遠打週折。

指山說磨。拏人家來比奴一節。不是那樣人。他又不是我的丫頭。既然如此。明日我往後邊坐。一面騰個空兒你自在房中叫他來。收他便了。說畢。當下西門慶品簫過了。方纔抱頭交股而寢。正是自有内事迎郎意。慇懃快把紫簫吹。有西江月為証

紗帳輕飄蘭麝。娥眉慣把簫吹。雪白玉體透房幃。禁不住魂飛魄蕩。玉腕款籠金釧。兩情如醉如痴。才郎情動囑奴知。慢慢多咂一會。

到次日。果然婦人往後邊孟玉樓房中坐了。西門慶叫春梅到房中。春點杏桃紅綻蕊。風欺楊柳綠翻腰。收用了這妮子。婦人自此一力擡舉他起來。不令他上鍋抹灶。只叫他在房中。鋪床疊被遞茶水。衣服首飾。揀心愛的與他。纏的兩隻脚小小的。原

來春梅比秋菊不同。性聰慧。喜謔浪。善應對。生的有幾分顏色。西門慶甚是寵他。秋菊爲人濁蠢。不任事體。婦人打的是他。正是

燕雀池塘語話喧　皆因仁義說愚賢
雖然異數同飛鳥　貴賤高低不一般

畢竟未知後來何如。且聽下回分解

第十一回

潘金蓮激打孫雪娥

西門慶梳籠李桂姐

新刻金瓶梅詞話卷之二

第十一回

潘金蓮激打孫雪娥　西門慶梳籠李桂姐

婦人嫉妒非常　浪子落魄無賴
一聽巧語花言　不顧新懽舊愛
出逢紅袖相牽　又把風情別賣
果然寒食元宵　誰不帮興帮敗

話說潘金蓮在家。恃寵生驕。顛寒作熱。鎮日夜不得個寧靜。性極多疑。專一聽籬察壁。尋些頭腦厮鬧。那個春梅。又不是十分耐煩的。一日金蓮爲些零碎事情。不湊巧罵了春梅幾句。春梅没處出氣。走往後邊厨房下去。搥檯拍盤。悶狠狠的模樣。那孫雪娥看不過。假意戲他道。怪行貨子。想漢子便別處去想。怎的在這裡硬氣。春梅政在悶時。聽了幾句。不一時暴跳起來。那個歪斯纏我哄漢子。雪娥見他性不順。只做不開口。春梅便使性做幾步走到前邊來。如此如此。這般這般。一五一十。又添些話頭道。我和娘收了。俏一帮兒哄漢子。挑撥與金蓮知道。金蓮滿肚子不快活。只因送吳月娘出去送殯。起身早些。也有些身子倦。睡了一覺。走到亭子上。只見孟玉樓搖颭的走來。笑嘻嘻道。姐姐如何悶悶的不言語。金蓮道。不要說起。今早倦倒了。不得三姐你在那里去來。玉樓道。纔到後面廚房里走了一下。金蓮道。他與你說些什麽來。玉樓道。姐姐沒言語。金蓮雖故曰裡說着。終久懷記在心。與雪娥結仇。不在話下。兩個做了一回針指只見春梅抱着湯瓶。秋菊拿了兩盞茶來。吃畢茶。兩個放卓兒擺下棋子盤兒下棋。正下在熱鬧處。忽見看園門小厮琴童走來報道。爹來了。慌的兩個婦人收棋子不迭。西門慶恰進門檻看見二人家常都帶着銀絲䯼髻。露着四鬢。耳邊青寶石墜子。白紗衫兒。銀紅比甲。挑線裙子。雙彎尖趫紅鴛瘦小鞋。一個個粉粧玉琢。不覺滿面堆笑戲道。好似一對兒粉頭。也值百十銀子。潘金蓮說道。俺每纔不是粉頭。你家正有粉頭在後邊哩。那玉樓抽身就往後走。被西門慶一手扯住說道。你往那里去。我來了你脫身去了。實說我不在家。你兩個在這里做甚麼。金蓮道。俺兩個悶的慌。在這里下了兩盤棋子。時沒做賊。誰知道你就來了。一面替他接了衣服。說道。你今日送殡來家早。西門慶道今日齋堂裡都是内相同官一來天氣暄熱我不耐煩先來家玉樓問道他大娘怎的還不來家西門慶道他的轎子也待進城我使冊兩個小厮接去了一面脫了衣服坐下因問你兩個下棋賭些什麽金蓮道俺兩個自恁下一盤耍子平白賭什麽西門慶道等我和你們下一盤那個輸了拿出一兩銀子做東道金蓮道俺每並没銀子西門慶道你没銀子拏簪子問我手裡當也是一般于是擺下棋子三人下了一盤潘金蓮輸了西門慶纔數子兒被婦人把棋子撲撒亂了一直走到瑞香花下倚着湖山推掐花兒西門慶尋到那里說道好小油嘴兒你輸了棋子卻躲在這里那婦人見西門慶來昵笑不止說道怪行貨子孟三兒輸了你不敢禁他卻來纏我將手中花撮成瓣

兒洒。西門慶一身。被西門慶走向前。雙關抱住。按在湖山畔。就口吐丁香。舌融甜唾。戲謔做一處。不防玉樓走到跟前。叫道。六姐他大娘來家了。咱後邊去來。這婦人方纔撇了西門慶。說道。哥兒我回來和你答話。同玉樓到後邊。與月娘道了萬福。月娘問你每笑甚麼。玉樓道。六姐今日和他爹下棋。輸了一兩銀子。到明日整治東道。請姐姐耍子。月娘笑了。金蓮當下。只在月娘面前。只打了個照面兒。就走來前邊。倍伴西門慶。分付春梅房中薰下香。預備澡盆浴湯。准備晚間兩個效魚水之懽。看官聽說。家中雖是吳月娘大娘子。在正房居住。常有疾病。不管家事。只是人情看往。出門走動。出入銀錢。都在唱的李嬌兒手裡。孫雪娥单管率領家人媳婦。在廚中上灶。打發各房飲食。譬如西

門慶在那房里宿歇或吃酒吃飯造甚湯水俱經雪娥手中整
理那房裡丫頭自往厨下拿去此事不說當晚西門慶在金蓮
房中吃了回酒洗畢澡兩人歇了次日也是合當有事西門慶
許了金蓮要往廟上替他買珠子要穿箍兒戴早起來等着要
吃荷花餅銀絲鮓湯纔起身使春梅往厨下說去那春梅只顧
不動身金蓮道你休使他有人說我縱容他教你收了俏成一
帮兒哄漢子百般指猪罵狗欺負俺娘兒們使你又使他後邊
做甚麼去西門慶便問是誰說此話欺負他你對我說婦人道
說怎的盆罐都有耳躲你只不叫他後邊去另使秋菊去便了
這西門慶遂叫過秋菊分付他往厨下對雪娥說去約有兩頓
飯時婦人已是把卓兒放了白不見拿來急的西門慶只是暴

跳。婦人見秋菊不來。使春梅你去後邊瞧瞧。那奴才只顧生根長苗。不見來。春梅有幾分不順。使性子走到厨下。只見秋菊正在那里等着哩。便罵道。賊餳奴。娘要卸你那腿哩。說你怎的就不去了哩。爹緊等着吃了餅。要往庙上去。急的爹在前邊暴跳叫我採了你去哩。這孫雪娥不聽便罷。聽了心中大怒。罵道怪小淫婦兒。馬回子拜節。來到的就是。鍋兒是鐵打的。也等慢慢兒的來。預備下熬的粥兒。又不吃。忽剌八新梁興出來。要烙餅做湯。那個是肚裡蛔虫。春梅不忿他罵。說道。沒的扯毯淡。主子不使了來問你。那個好來問你要。有沒俺們到前邊自說的一聲兒。有那些聲氣的。一隻手擰着秋菊的耳躲。一直往前邊來。雪娥道。主子奴才。常遠似這等硬氣。有時道着。春梅道。中有時道使時道。没的把俺娘兒兩個別變了罷。于是氣狠狠走來。婦人見他臉。氣的黃黃。拉着秋菊進門。便問怎的來了。春梅道你問他我去時還在廚房裡雌着。等他慢條絲禮兒。纔和麵兒我自不是。說了一句。爹在前邊等着。娘說你怎的就不去了。使我來叫你來了。倒被小院兒裡的。千奴才萬奴才。罵了我恁一頓。說爹馬回子拜節。來到的就是。只相那個調唆了爹一般。預備下粥兒不吃。平白新生發起要餅和湯。只顧在廚房裡罵人。不肯做哩。婦人在旁便道。我說別要使他去。人自恁和他合氣。說俺娘兒兩個。攔攔你在這屋裡。只當吃人罵將來。這西門慶聽了。心中大怒。走到後邊廚房裡。不由分說。向雪娥踢了幾腳。罵道賊歪剌骨。我使他來要餅。你如何罵他。你罵他奴才。你如何不溺胞尿把你自家照照那雪娥被西門慶踢罵了一頓敢怒而不敢言西門慶剛走出厨房門外雪娥對着大家人來昭妻一丈青說道你看我今日晦氣早是你在旁聽我又沒曾說什麼他走將來兇神也一般大喓小喝把丫頭採的去了反對主子面前輕事重報惹的走來平白把恁一塲兒我洗着眼兒看着主子奴才長遠恁硬氣着只休要錯了脚兒不想被西門慶聽見了復回來又打了幾拳罵道賊奴才淫婦你還說不欺負他親耳躲聽見你還罵他打的雪娥疼痛難忍西門慶便往前邊去了那雪娥氣的在厨房裡兩淚悲啼放聲大哭吳月娘正在上房纔起來梳頭因問小玉厨房裡亂的些甚麽小玉回道爹要餅吃了往庙上去說姑娘罵五娘房裡春梅來被爹聽見

了。在廚房裡踢了姑娘幾脚。哭起來。月娘道。也沒見他要餅吃。連。忙做了與他去就罷了。平白又罵他房裡丫頭怎的。于是使小玉。走到廚房攛掇雪娥和家人媳婦。連忙攢造湯水。打發西門慶吃了。騎馬小廝跟隨往庙上去不題。這雪娥氣憤不過。走到月娘房裡。正告訴月娘此事。不防金蓮驀然走來。立于㕔下潛聽。見雪娥在屋裡。對月娘李嬌兒說。他怎的攔攔漢子。背地無所不爲。娘你不知淫婦。說起來比養漢老婆還浪。一夜沒漢子也成不的。背地幹的那繭兒。人幹不出他幹出來。當初在家把親漢子用毒藥擺死了。跟了來。如今把俺們也吃他活埋了。弄的漢子烏眼雞一般。見了俺們。便不待見。月娘道。也沒見你。他前邊使了丫頭要餅。你好好打發與他去便了。平白又罵他怎的。雪娥道我罵他禿也瞎也來。那頃這丫頭在娘房裡着緊不聽手。俺沒曾在灶上把刀背打他娘尚且不言語。可可今日輪他手裡。便驕貴的這等的了。正說着。只見小玉走到說五娘在外邊少頃金蓮進房望着雪娥說道。比對我當初擺死親夫你就不消叫漢子娶我來家。省的我攔攔着他撑了你的窩兒論起春梅又不是我房裡丫頭你氣不憤。還教他伏侍大娘就是了。省的你和他合氣把我扯在裡頭那個好意死了漢子嫁人。如今也不難的勾當等他來家與我一紙休書我去就是了。月娘道我也不曉的你們底事。你每大家省言一句兒便了。孫雪娥道娘你看他嘴似淮洪也一般。隨問誰他辦不過他又在漢子根前戳舌兒。轉過眼就不認了。依你說起來。除了娘把俺們都攆了。只留着你罷那吳月娘坐着。由着他那兩個你一句我一句。只不言語。後來見罵起來。雪娥道你罵我奴才。你便是真奴才。拉些兒不曾打起來。月娘看不上。使小玉把雪娥拉往後邊去這潘金蓮一直歸到前邊。卸了濃粧。洗了脂粉。烏雲散亂。花容不整哭得兩眼如桃。擶在床上。到日西時分。西門慶庙上來。袖着四兩珠子。進入房中。一見便問怎的來婦人放聲號哭起來問西門慶要休書。如此這般告訴一遍我當初又不曾圖你錢財。自恁跟了你來。如何今日交人這等欺負千也說我擺殺漢子。萬也說我擺殺漢子。拾了本有吊了本。無沒丫頭便罷了。如何要人房裡丫頭伏侍。吃人指罵我。一個還多着影兒哩這西門慶不聽便罷聽了此言三尸神暴跳。五陵氣冲天。一陣風走到後邊。採過雪娥頭髮來。儘力拏短棍打了幾下。多虧吳月娘向前拉住了手。說道。沒的大家省事些兒罷了。好交你主子惹氣。西門慶便道。好賊歪刺骨。我親自聽見你在廚房裡罵。你還攬纏別人。我不把你下截打下來也不筭。看官聽說。不爭今日打了孫雪娥。管教潘金蓮。從前作過事。沒興一齊來。有詩為證。

金蓮恃寵仗夫君　到使孫娥忌怨深
自古感恩并積恨　千年萬載不生塵

當下西門慶打了雪娥。走到前邊窩盤住了金蓮。袖中取出今日廟上買的四兩珠子。遞與他穿箍兒戴。婦人見漢子與他做主兒出了氣。如何不喜。由是要一奉十。寵愛愈深。一日在園中置了一席。請吳月娘孟玉樓。連西門慶四人。共飲酒。話休饒舌。那西門慶立了一夥結識了十個人做朋友。每月會茶飲酒。頭一個名喚應伯爵。是個潑落戶出身。一分兒家財都闞沒了。專一跟着富家子弟。幇闞貼食在院中頑耍。諢名叫做應花子。第二個姓謝名希大。乃清河衛千戶官兒應襲子孫。自幼兒沒了父母。遊手好閑。善能踢的好氣毬。又且賭博。把前程丟了。如今做幇閑的。第三名喚吳典恩。乃本縣陰陽生。因事革退。專一在縣前與官吏保債。以此與西門慶來往。第四名孫天化。綽號孫寡嘴。年紀五十餘歲。專在院中闖寡門。與小娘傳書寄柬。勾引子弟。討風流錢過日子。第五是雲叅將兄弟名喚雲離守。第六是花太監姪兒花子虛。第七姓祝名喚祝日念。第八姓常。名常時節。第九個姓白。名喚白來創。連西門慶共十個。眾人見西門慶有些錢鈔。讓西門慶做了大哥。每月輪流會茶擺酒。一日輪該花子虛家擺酒會茶。就在西門慶緊隔壁。內官家擺酒。都是大盤大碗。甚是豐盛。眾人都到齊了。那日西門慶有事。約午後不見到來。都留席面。少頃西門慶來到。衣帽整齊。四個小廝跟隨。眾人都下席迎接。敘禮讓坐。東家安席。西門慶居首席。一個粉頭。兩個妓女。琵琶箏篆在席前彈唱。端的說不盡梨園嬌艷。色藝雙全。但見。

羅衣疊雪。寶髻堆雲。櫻桃口。杏臉桃腮。楊柳腰。蘭心蕙性。歌喉宛囀。聲如枝上流鶯。舞態蹁躚。影似花間鳳轉。腔依古調。音出天然。舞回明月墜秦樓。歌遏行雲遮楚館。高低緊慢按宮商吐玉噴珠。輕重疾徐依格調。鏗金戛玉。箏排鴈柱聲聲慢。板排紅牙字字新。

少頃酒過三巡。歌吟兩套。三個唱的。放下樂器。向前花枝搖颭。繡帶飄飄。磕頭。西門慶呼苔應小使玳安。書袋內取三封賞賜。每人二錢。拜謝了下去。因問東家花子虛。這位姐兒上姓。端的會唱。東家未及荅。在席應伯爵挿口道。大官人多忘事。就不認的了。這擽箏的是花二哥令翠。拘攔後巷吳銀兒。那撥阮的。是朱毛頭的女兒朱愛愛。這彈琵琶的是二條巷李三媽的女兒。李桂卿的妹子。小名叫做桂姐。你家中見放着他親姑娘。大官人如何推不認的。西門慶笑道。六年不見。就出落得成了人兒了。落後酒闌上席來遞酒。這桂姐慇懃勸酒。情話盤桓。西門慶因問你三媽你姐姐桂卿在家做甚麼怎的不來我家走走看看你姑娘桂姐道俺媽從去歲不好了一塲至今腿脚半邉通動不的只扶着人走俺姐姐桂卿被淮上一個客人包了半年常是接到店裡住兩三日不放來家家中好不無人只靠着我逐日出來供唱答應這幾個相熟的老爹好不辛苦也要往宅裡看看姑娘白不得個閑爹許久怎的也不在裡邉走走放姑娘家去看看俺媽這西門慶見他一團和氣說話兒乖覺伶變就有幾分留戀之意說道我今日約兩位好朋友送你家去你意下如何桂姐道爹休哄我你肯貴人脚兒踏俺賤地西門慶道我不哄你到是袖中取出汗巾連挑牙與香茶盒兒遞與桂姐收了桂姐道多咱去如今使保兒先家去說一聲作個預備

西門慶道直待人散一同起身少頃遞畢酒約掌燈人散時分西門慶約下應伯爵謝希大也不到家驟馬同送桂姐逕進拘攔往李家去正是錦繡窩中人手不如撒手美紅綿套裡鑽頭容易出頭難有詞為証

陷人坑土窖般暗開掘迷魂洞囚牢般巧砌疊檢屍場屠鋪般明排列衠一味死温存活打劫招牌兒大字書者買俏金哥哥休撦纏頭錦婆婆自接賣花錢姐姐不賒

西門慶等送桂姐轎子到門首李桂卿迎門接入堂中見畢禮數請老媽出來拜見不一時虔婆扶拐而出半邊胳膊通動僤不得見了西門慶道了萬福說道天麽天麽姐夫貴人那陣風兒刮你到于此處西門慶笑道一向窮冗沒曾來得老媽休怪

休怪。虔婆便問。這二位老爹貴姓。西門慶道。是我兩個好友。應二哥。謝子純。今日在花家會茶。遇見桂姐。因此同送回來。快看酒來。俺們樂飲三盃。虔婆讓三位上首坐了。一面點了茶。一面下去打抹春臺。收拾酒菜。少頃保兒上來放卓兒。掌上燈燭。酒餚羅列。桂姐從新房中。打扮出來。旁邊陪坐。眞個是風月窩鶯花寨。免不得姊妹兩個。在旁金樽滿泛。玉阮同調。歌唱遞酒。有詩爲証。

瑠璃鍾。琥珀濃。小槽酒滴珍珠紅。烹龍炮鳳玉脂泣。羅幃繡幙圍香風。吹龍笛。擊鼉鼓。皓齒歌。細腰舞。况是青春莫虛度。銀缸掩映嬌娥語。酒不到劉伶墳上去。

當下桂卿姐兒兩個。唱了一套。席上觥籌交錯飲酒。西門慶向桂卿說道今日二位在此久聞桂姐善能禾唱南曲何不請歌一詞以奉勸二位一盃兒酒意下如何那應伯爵道我等不當起動洗耳願聽佳音那桂姐坐着只是笑半日不動身原來西門慶有心要梳籠桂姐故此發言先索落他唱却被院中婆娘見精識精看破了八九分李桂卿在旁就先開口說道我家桂姐從小兒養得嬌自來生得腼腆不肯對人胡亂便唱于是西門慶便叫玳安小厮書袋內取出五兩一錠銀子來放在卓上便說道這些不當甚麽權與桂姐爲脂粉之需改日另送幾套織金衣服那桂姐連忙起身相謝了方纔一面令丫鬟收下了一面放下一張小卓兒請桂卿下席來唱當下桂姐不慌不忙輕扶羅袖擺動湘裙袖口邊搭刺着一方銀紅撮穗的落花流

水汗巾兒歌唱一隻駐雲飛

舉止從容壓盡拘攔古上風行動香風送頻使人欽重嗏玉杵污泥中豈凡庸一曲清商滿座皆驚動何似襄王一夢中。何似襄王一夢中。

唱畢把個西門慶喜懽的沒入腳處分付玳安回馬家去晚夕就在李桂卿房裡歇了一宿緊着西門慶要梳籠這女子又被應伯爵謝希大兩個在根前一力攛掇就上了道兒次日使小厮往家去拏五十兩銀子段鋪內討四套衣裳要梳籠桂姐那李嬌兒聽見要梳籠他家中姪女兒如何不喜連忙拏了一錠大元寶付與玳安拏到院中打頭面做衣服定卓席吹彈歌舞花攢錦簇做三日飲喜酒應伯爵謝希大又約會了孫寡嘴祝

日念常時節每人出五分銀子，人情作賀，都來賫他，鋪的，盖的。俱是西門慶出，每日大酒大肉，在院中頑耍，不在話下。

舞裙歌板逐時新　散盡黃金只此身

寄語富兒休暴殄　儉如良藥可醫貧

畢竟未知後來如何，且聽下回分解。